AF555280

5 mai 1904

COLLECTION A. M*** Millot

COSTUMES MILITAIRES

Mai 1904.

L
M

CATALOGUE

DE

COSTUMES MILITAIRES

LA VENTE AURA LIEU

Les Jeudi 5, Vendredi 6 et Samedi 7 Mai 1904

A DEUX HEURES PRÉCISES DE L'APRÈS-MIDI

A L'HOTEL DES COMMISSAIRES-PRISEURS, 9, RUE DROUOT

Salle N° 7, au 1er étage

Par le Ministère de **Me MAURICE DELESTRE**, ✵ Commissaire-Priseur

5, RUE SAINT-GEORGES, 5 (IXe)

Assisté de **MM. A. GEOFFROY Frères**, Marchands d'estampes

5, RUE BLANCHE, 5 (IXe)

EXPOSITION PUBLIQUE : le Mercredi 4 Mai, de 2 heures à 5 heures.

CONDITIONS DE LA VENTE

La vente se fait au comptant.

Les acquéreurs payeront 10 p. 100 en sus du prix d'adjudication.

MM. A. GEOFFROY FRÈRES se réservent la faculté de réunir ou de diviser les numéros.

MM. les Amateurs pourront visiter la Collection, à partir du 18 jusqu'au 30 Avril, de 2 heures à 6 heures, chez MM. A. GEOFFROY FRÈRES, qui rempliront les commissions que voudront bien leur confier les personnes ne pouvant assister à la vente.

L'Exposition particulière mettant à même de vérifier les ouvrages, ils ne seront repris pour aucune cause, l'adjudication prononcée.

Voir, au verso du titre, l'Ordre des Vacations.

CATALOGUE

DE

COSTUMES MILITAIRES

FRANÇAIS ET ÉTRANGERS

LIVRES — RECUEILS — SUITES

ESTAMPES DÉTACHÉES

AQUARELLES DE RAFFET ET AUTRES

MINIATURES

PROVENANT DE LA

COLLECTION DE M. A. M***

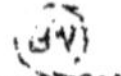

PARIS

A. GEOFFROY FRÈRES

MARCHANDS D'ESTAMPES

5, RUE BLANCHE (IXe)

1904

ORDRE DES VACATIONS

PREMIÈRE VACATION. — *Jeudi 5 Mai 1904.*

	Numéros.
Livres en lots.	231 bis
Empire d'Allemagne.	255 à 442
Autriche	470 à 514

DEUXIÈME VACATION. — *Vendredi 6 Mai.*

Angleterre.	443 à 469
France (*Historiques*).	179 à 231
France	1 à 178

TROISIÈME VACATION. — *Samedi 7 Mai.*

Europe.	232 à 254
Belgique, Danemark, Espagne, Hollande, Italie, Naples et Sardaigne, Pologne, Russie, Suède et Norvège, Suisse.	515 à 644
Aquarelles	645 à 708
Miniatures	709 à 720

La Collection que nous présentons aujourd'hui est une de celles qui laisseront un souvenir parmi les nombreux amateurs de COSTUMES MILITAIRES.

Elle est composée d'une quantité de recueils et de livres, pour la plupart fort rares; de suites d'estampes comme nous en avons peu rencontrées.

Refaire de nos jours une pareille réunion serait chose presque impossible. Il est vrai que celle-ci fut commencée déjà avant 1870, et sans relâche continuée au prix d'énormes sacrifices et avec une ténacité qu'il nous faut admirer.

Citerons-nous quelques-uns de ces beaux ouvrages : il faudrait les souligner presque tous. En effet, pour tous les pays d'Europe, nous y rencontrons ce qui fut publié à toutes les époques.

Lattré, **Montigny**, **Isnard**, **Bellangé**, **Lalaisse**, **Raffet**, **Aubry**, **Charlet**, **Martinet**, et combien d'autres encore, sont là, véritables monuments de notre histoire militaire.

Après la France, la Russie, la Prusse et l'Autriche nous fournissent des œuvres dont certaines nous sont à peu près inconnues.

Ici encore nous ne savons lesquels il faut de préférence signaler : La série rare de **Seele et Volz**, les **Eckert et Monten**, le luxueux Recueil d'Aquarelles de **Rollmann**, le fameux **Menzel** : *Armée de Frédéric le Grand*, l'Armée Anglaise de **Hull**, les Autrichiens de **Mansfeld**, les différentes séries de **Trentsensky**, l'Armée Belge et l'Armée Hollandaise de **Madou**, l'immense ouvrage en *3 900 planches* : « Habillement et armement des Troupes Russes », **Pajol** : l'Armée Russe, les Costumes des Cantons Suisses de **Feyerabend**, etc., etc.

Nous ne voudrions pas omettre les beaux Tableaux publiés par **Artaria** et **Kleist**, les Scènes militaires de **Kobell** et d'**Opitz**.

Mais là ne devait pas se borner une Collection de cette importance. Des lacunes, en effet, existent dans les publications de tous les pays. Il fallait les combler, et c'est alors que nous voyons ces colossales séries d'Aquarelles commandées à grands frais aux principaux dessinateurs militaires.

Quinto Cenni nous envoie ces jolies compositions si bien animées, si bien présentées, qui nous donnent un tableau général du costume militaire en Italie.

Volmar, en Suisse, fait ces suites intéressantes sur l'Armée Fédérale.

Norie, en Angleterre, nous offre cette superbe série de 72 pièces sur l'Armée Anglaise (1889).

Giersberg, en Allemagne, nous fournit ces aquarelles si soignées et si exactes sur l'Armée Prussienne en 1792, d'après l'original de Berlin, ainsi que ces collections de Drapeaux de 1774. N'oublions pas son grand ouvrage : *Die Specification*, d'après les crayons de Burger, ni ses 14 splendides aquarelles sur l'Infanterie Polonaise en 1825, d'après le recueil de Lex, à Berlin.

Nous lui devons encore cette belle série de Drapeaux et Étendards Français, exécutés à l'aquarelle d'après les originaux eux-mêmes conservés à l'Arsenal de Berlin et exposés au milieu d'autres drapeaux...

De **Schindler,** nous avons cette collection de 60 aquarelles : *Deutsche zu pferd.*

Les magnifiques aquarelles de **Fritz Werner** valent bien aussi d'être mentionnées.

Le talent de **Moltzheim,** un de nos meilleurs peintres militaires, fut aussi mis à contribution. Quelle source de renseignements que cette admirable collection de *594 aquarelles* sur les Troupes Françaises de 1815 à 1830! C'est là un véritable monument de l'histoire du costume militaire pendant la Restauration, époque sur laquelle il n'y a que peu de documents par l'image.

La mort, hélas! le prit alors qu'il ne restait plus à Moltzheim que quelques aquarelles à faire pour achever son œuvre. Chaque planche était étudiée avec le plus grand soin sur les minutes, et plus d'une donna lieu à des discussions qui durèrent parfois jusqu'à trois mois : tel était le souci d'exactitude de ce consciencieux artiste.

Raffet doit avoir ici une place spéciale par la qualité des aquarelles qu'il nous montre. Quelle belle pièce, ce Régiment Wasa! Et ces types Autrichiens, pris pendant la Campagne d'Italie, 1849.

Aussi devons-nous être heureux, qu'au lieu d'aller chercher l'oubli dans un Musée, toutes ces œuvres de choix, après avoir fait le bonheur d'un passionné collectionneur pendant des années, aillent enrichir les séries des nombreux amateurs de costumes militaires.

En terminant, disons que toutes les pièces composant cette collection sont dans le plus grand état de fraîcheur et d'une conservation parfaite.

Etablir un tel catalogue n'était pas chose facile ; aussi nous demanderons un peu d'indulgence si, malgré tous nos soins, quelque faute nous était restée inaperçue.

CATALOGUE

DE

COSTUMES MILITAIRES

FRANCE

1. **Adam.** Collection des costumes militaires (Armée française, 1832) représentés dans des sujets de genre. Lithographiés par Victor Adam. *Paris, Déro-Becker* (1832). Petit in-folio oblong, demi-reliure.

   Collection complète des 42 lithographies, dans le coloris original. Il est rare de rencontrer un exemplaire complet, non piqué et à marges égales.

2. **Adam.** Cavalerie sous le règne de Louis-Philippe. — Armée française, 1844, d'après Luna. In-folio en feuilles.

   Trois planches au lieu de quatre pour la première suite, quatre au lieu de six pour la seconde. Ensemble sept lithographies coloriées.

3. **Anonyme.** Description de quelques corps composant les armées françaises, par un témoin oculaire. *Leipzig, bei Fred. Aug. Leo*, 1794. In-4 obl. cartonné.

   Cette plaquette, de la plus insigne rareté, comprend 10 pages de texte français et allemand et 3 planches gravées et coloriées. On y rencontre des costumes presque inconnus.

4. **AQUARELLES.** Livre de Drapeaux des régiments provinciaux expédiés en 1772. Grand in-4 en feuilles.

   Collection complète de 48 aquarelles exécutées avec grand soin. Copie faite en 1885 du Recueil conservé à la Bibliothèque du Ministère de la Guerre.

5. **Aquarelles**. Régiments d'Infanterie sous Louis XV. D'après les originaux appartenant au Musée de Versailles. In-folio en feuilles.

Suite de 14 belles aquarelles (0.370 × 0.260) représentant en un personnage à pied les Gardes Françaises, Gardes Suisses et 12 régiments d'Infanterie, avec le casque comme coiffure.

6. **Aquarelles**. Étendards et coiffures, Louis XV et Empire, conservés à l'arsenal de Berlin. Grand in-4 en feuilles.

Réunion de sept aquarelles par R. Knust. Document plein d'intérêt.

7. **Aquarelles** d'après un manuscrit ancien représentant des soldats d'infanterie, époque Louis XIV, dans les différentes attitudes du maniement de l'arme. Noms des régiments au dos des planches. Réunion de 25 pièces in-4.

8. **Aquarelles** d'après des tableaux anciens : Gens d'armes à cheval, soldats d'infanterie, portraits. Époques Louis XVI et Empire. Lot de 10 pièces in-folio.

9. **Aquarelles et Dessins**. Types de différentes armes, à toutes les époques.

Lot intéressant, formé de 31 pièces.

10. **AQUARELLES ORIGINALES DE WERNER**. Wahrhaftige nachricht derer Begebenheiten so sicht in den Herzogthun Weimar bey den gewaltigen Kriege Friedrichs II Konig von Preussen mit der Konigin von Ungarn Marien Theresien saunnt ihren Bundgenassen zugehragen patriotisch aufgeschrieben von Johann Christian Becker Vinar (de Weimar) 1757 bis 1760. Aquarelles signées. Monture uniforme. H. 0,220, L. 0,150.

L'admirable série que voici se compose de 15 aquarelles originales de *Fritz Werner*, le célèbre peintre militaire allemand. Elles furent exécutées d'après un recueil manuscrit conservé à la Bibliothèque de Weimar. Chaque pièce représente un personnage à pied ou à cheval, types de camp, superbement rendus : La Cantinière, Fifre et tambour du Régiment de Piémont, Grenadier du Rég. de Lorraine, Grenadier Suisse du Rég. Diesbach, Trompette de Nassau cavalerie, Hussard français du Rég. Turpini, etc.

Véritable œuvre d'art, cette collection est en même temps un précieux document, ce recueil n'ayant jamais été gravé.

11. **ARMÉE DE LOUIS-PHILIPPE**. Collection de 271 Photographies in-4, sur papier salé, d'après les peintures originales qui se trouvent au Château de Versailles. Elles reproduisent les costumes de l'armée française de 1833 à 1843. En six portefeuilles.

Cette collection *unique* est très documentaire ; elle nous donne des costumes qu'il serait difficile de retrouver ailleurs. Voici sa composition : Etat-Major, Intendance, Écoles, 18. — Gendarmerie et Garde municipale, 36. — Génie, Artillerie, Train, 35. — Carabiniers, 16. — Cuirassiers, 16. — Dragons, 16. — Lanciers, 16. — Chasseurs à cheval, 16. — Hussards, 16. — Chasseurs à pied, 12. — Zouaves, 12. — Chasseurs d'Afrique et Spahis, 18. — Infanterie de ligne, 21. — Infanterie légère, 23.

12. **AUBRY**. Collection des Uniformes de l'Armée française, présentée au Roi par S. E. M. le maréchal duc de Bellune, ministre de la guerre. *A Paris, chez Picquet* (1828). In-folio. en feuilles, tr. dorées, dans son carton original en plein maroquin vert, dentelles.

Edition de 1828, bien conforme à la description qui en est faite dans le « Catalogue des principales suites », page 21. L'exemplaire contient le titre et le frontispice de 1823, la table et les 97 lithographies coloriées. Il comprend de plus 18 feuilles doubles, donnant parfois des différences fort curieuses. Livre superbe, grand de marges.

13. **Aubry et Lœillot**. Maison du Roi et Garde Royale (Louis XVIII). Lith. de Delpech, 1816-1817. In-4 en feuilles.

De cette suite rare, nous avons 15 planches coloriées (2 noires, au lieu de vingt décrites.

14. **Bardin**. Dictionnaire de l'armée de terre, ou recherches historiques sur l'art et les usages militaires. Par le Gal Bardin. *Paris*, 1851. Quatre gros vol. in-4, demi-rel.

15. **Basset**. Troupes françaises, Garde Royale. Finart del. *A Paris, chez Basset*. In-folio obl., en feuilles.

Nous possédons les 5 planches connues et décrites de cette suite très documentaire : Mousquetaires, Grenadiers, Chasseurs à cheval, Lanciers, Hussards. Belles épreuves coloriées.

16. **Bastin**. Collection d'Uniformes militaires français de 1789 à 1857. In-folio, en feuilles.

Réunion de 20 lithographies noires ou coloriées. On y joint 2 épreuves de la planche 10 des Bastin en largeur.

17. **Baudouin**. Exercice de l'Infanterie française..... dessiné d'après nature dans toutes ses positions et gravé par S. R. Baudouin, 1757. In-folio, en feuilles.

Texte et 63 planches gravées. Exemplaire à grandes marges.

18. **BELLANGÉ**. Uniformes de l'armée française depuis 1815 jusqu'à ce jour, par H. Bellangé, 1824-26. *Paris, Gihaut*. In-folio, en feuilles.

Superbe exemplaire bien complet des 116 planches et très frais. Voici comment il se compose : Couverture imprimée (*rare*). — Frontispice en noir (*très rare*). — Planches 1 à 110 coloriées : 111, 112, 113, 114 en noir (cette dernière planche avec un croquis en marge) ; 115 et 116 coloriées.
De plus, il contient 36 planches en double et coloriées, donnant des différences dans le costume.
Il renferme encore 11 épreuves d'état fort curieuses : N° 20, cocarde. — 41, plumet flottant et cocarde. — 53, *idem*. — 69, cordon du bonnet supprimé et plumet modifié. Etc., etc.
Enfin nous ajoutons 74 feuilles doubles en noir, ce qui forme un total de 163 pièces et 74 doubles, soit 237 planches.
Cette importante suite, aussi complète, surtout avec les additions brièvement indiquées ci-dessus, serait impossible à refaire aujourd'hui.

19. **Bellangé**. Costumes de l'Armée française depuis 1830 jusqu'à ce jour, par H. Bellangé. *Paris, Gihaut,* s. d. In-folio, en feuilles.

Suite de 63 planches coloriées dont nous ne possédons que soixante. Les 3 manquantes sont : 58, 59 et 61. Mais nous avons les 2 n°s 17 *bis* et 21 *bis* et aussi 3 doubles (8, 9 et 17 *bis*), qui ont des différences de coloris. Cette suite est rare. Belle conservation.

20. **Bellangé**. École du Soldat. Lith. de G. Engelmann. In-4 en feuilles.

Suite complète de 18 lithographies en noir. Belles épreuves.

21. **Bellangé**. Cavalerie de l'Ex-Garde. Lith. de Engelmann. In-folio, en feuilles.

Suite complète de 8 lithographies en noir que l'on rencontre rarement réunies. On y a joint une pièce du même auteur : Bivouac de Grenadiers à cheval. Ensemble 9 pièces.

22. **Bellangé**. Collection des Types de tous les corps et des uniformes militaires de la République et de l'Empire. 50 planches coloriées, d'après les dessins de H. Bellangé. *Paris, Dubochet,* 1844. In-8, demi-rel.

23. **Beyer**. Kriegsscenen aus den Jahren 1813 bis 1815..... Nachzeichnung und illuminiren fur kleine Lente, in 12 herrlichen Skizsen von Leopold Beyer. Dresde. In-8 en largeur, en feuilles.

Suite complète de 12 planches en noir, scènes de la vie militaire en campagne.

24. **Borel**. Instructions militaires pour le maniement des armes, suivant l'ordonnance du Roi (1776)... adopté par la Garde Nationale. Orné de 32 figures. Par Borel, citoyen-soldat. *A Paris, chez l'auteur,* 1791. In-8, cartonné.

Petit livre d'instruction militaire fort intéressant et rare. Il contient ses 32 planches intercalées dans le texte.

25. **Bouillé**. Les Drapeaux français de 507 à 1872. — Les Drapeaux français, étude historique. Par le Cte L. de Bouillé. *Paris,* 1872-75. Deux vol. in-12 réunis en un seul. Cartonné.

Nombreuses planches en couleurs.

26. **Bouillé**. Album de la Cavalerie française, 1635-1881. Par L. de Bouillé. *Paris,* 1881. In-fol. obl., dans le cartonnage d'édition.

Suite complète des 66 planches coloriées, avec leur texte explicatif.

27. **Bourge**. Quelques idées sur les troupes à cheval de France, et principalement sur la cavalerie légère. Par R. de Bourge. *Paris,* 1817. In-8, broché.

Cette brochure contient 3 planches de mouvements d'ensemble et 2 planches de costumes, en tête, attribuées à H. Vernet.

28. **Canu et Basset**. Garde Royale, 1816. — Troupes françaises. Restauration. In-8 en feuilles.

Les Canu comprennent 5 planches et les Basset 8. Ensemble 13 pl. coloriées.

29. **Carle Vernet**. Collection de Chevaux et de Militaires. Par C. Vernet. In-folio, en feuilles.

Cette suite, relative en grande partie à la Garde Royale, est ici composée de 25 lithographies noires ou coloriées, plus 6 doubles. Les planches manquantes ne sont pas de celles intéressantes.

30. **Cavalerie**. Essai sur la Cavalerie..... auquel on a joint les instructions et les ordonnances nouvelles qui y ont rapport. *Paris, Jombert*, 1756. In-4, demi-rel.

31. **CHARLET**. Infanterie légère française (Empire). Lith. de Villain. In-folio, en feuilles.

Deux pièces faisant pendants : Carabinier et Voltigeur. Toutes marges.

32. **Charlet**. Costumes militaires publiés par Lasteyrie (1817-1818). In-folio, en feuilles.

Nous avons 15 planches, sur 17 indiquées par La Combe. Les 2 manquantes sont : Canonnier à cheval et Dragon d'élite. Belles épreuves en noir. Une est double et coloriée.

33. **Charlet**. La Vieille Armée française (1er Empire). Lith. de C. Motte. In-folio, en feuilles.

Suite complète de 12 lithographies à bonnes marges. Le titre et la pl. 6 sont en double, coloriés.

34. **Charlet**. Costumes de l'Ex-Garde. *Paris, Delpech*. In-folio, en feuilles.

Suite complète de 30 lithographies en noir.

35. **Charlet**. La même suite, *en couleurs*. Planches rognées et remontées.

Le n° 22 manque. Le n° 10 est double, avec différences. Les n°s 8, 29 et 30 sont en noir.

36. **Charlet**. Costumes militaires français (1817). Petit in-4, en feuilles.

Suite complète des 28 lithographies à la plume, coloriées. Cette collection est très rare complète. Bel état.

37. **Charlet**. Même série, en noir.

Cette suite n'a que 19 planches. Belle conservation.

38. **Charlet**. Garde Nationale de Paris, 1827. — Poste avancé. — Jeune soldat se découvrant devant un invalide. — Costumes de corps militaires..... — Costumes de corps militaires..... — BELLANGÉ. Uniformes de l'Armée française..... In-folio, en feuilles.

Réunion de 24 lithographies noires ou coloriées.

39. **Charpentier**. Costumes militaires sous la deuxième République. Petit in-4 oblong, en feuilles.

Cette jolie petite suite comprend 20 planches, lithographies coloriées. A notre série il manque les nos 7, 10 et 12.

40. **Chereau** (F.). Nouveau recueil des Troupes légères de France... avec la date de leur création..... leur uniforme. *Paris, Chereau* (1746-1756). In-folio, en feuilles.

Cette suite rare, dessinée par La Rue et gravée par Boucher, Aveline, etc., est complète. Elle comprend : Titre, dédicace et 12 planches, en partie coloriées. Coins restaurés.

41. **Chereau (F.)**. Nouveau recueil des Troupes qui forment la Garde et la Maison du Roy, avec la date de leur création..... leur uniforme. Dessiné d'après nature par Eisen. *Paris, Chereau* (1746-1756). In-folio, en feuilles.

Suite de 13 planches, titre et dédicace. Belle série à grandes marges.

42. **CORMIER DU MÉDIC**. Tableau général des uniformes, armements et équipements de l'armée française. Année 1826. Grand placard in-folio. Lith. de Engelmann.

Cette belle planche, qui, par les documents qu'elle renferme, peut être considérée comme une carte militaire, est composée d'autant d'écussons qu'il y a de corps et de régiments. Chaque écusson renferme l'habillement, l'équipement et l'armement, avec les couleurs distinctives. On y trouve aussi les marques indicatrices de chaque grade.

Nous y joignons le prospectus illustré paru peu avant la planche.

43. **Costumes** de la 1re République et de l'Empire. Petit format.

Réunion de 18 planches noires ou coloriées : Français en Allemagne, etc. Lot intéressant.

44. **Debucourt**. Collection de Costumes dessinés d'après nature par Carle Vernet et gravés par Debucourt. *A Paris, chez Bance*. In-folio, en feuilles.

De cette série rare, nous possédons 26 planches, c'est-à-dire presque tous les militaires. Les feuilles sont en couleurs, sauf une. On y a joint un dessin (Carabinier de la Garde Royale).

45. **Debucourt**. Neuf planches doubles de la collection précédente. En feuilles.

Une planche en couleurs et huit en noir. Belles épreuves.

46. **Déro-Becker**. Galerie Militaire. In-4, en feuilles.

Réunion de 103 planches coloriées : marges inégales.

47. **Desjardins**. Recherches sur les Drapeaux français; oriflamme, bannière de France, marques nationales, couleurs du roi, drapeaux

de l'armée, pavillons de la marine. Par G. Desjardins. *Paris*, *Morel*, 1874. Grand in-8, demi-rel.

Cette intéressante publication contient, outre 167 pages de texte, 42 planches en couleurs de drapeaux, etc.

48. **Dessins**. Memorie di Documenti militari raccolti da diversi autori dal Ten. Coll. Gio. Cristof. Lorain. In-4 veau.

Manuscrit exécuté vers l'année 1700, représentant en 80 dessins en couleurs l'exercice militaire. Les types choisis sont des Mousquetaires. Le texte est en italien. Les dessins de la fin ne sont pas achevés.

49. **Dessins**. Troupes de différentes Nations à Dresde en 1812. Dessins de G.-A. van Hulsen. In-8 obl., en feuilles.

Réunion de 82 dessins fort curieux et très intéressants, quoique grossièrement exécutés. La majeure partie des planches représente des troupes françaises. Ces dessins furent faits en 1843, d'après des documents de l'époque.

50. **Destez**. Armée française, 1882. Uniformes transitoires, ou d'essai. In-folio, en feuilles.

Collection de 7 aquarelles très soignées, par Paul Destez.

51. **Detaille**. Fac-simile d'après Ed. Detaille. In-folio, en feuilles.

Réunion de 8 planches en couleurs.

52. **Détails d'Uniformes**. Collection des tracés de coupe des effets d'habillement à l'usage des troupes de toutes armes (1er volume : Ligne. — 2e vol. : Garde Royale) exécutée par ordre de S. E. M. le Mis de Clermont-Tonnerre, ministre de la guerre, 1827. Deux vol. grand in-fol. obl. Rel. plein maroq. vert à dentelles, tr. dor.

Ces 2 volumes contiennent, le 1er 77 tableaux et le second 65, de détails d'habillement.

53. **Divers**. Premier régiment de Hussards en tirailleurs. — Le duc d'Orléans passant en revue le 1er régiment de Hussards. In-fol., par Jazet, d'après H. Vernet.

Deux belles planches en parfait état. On y joint 4 portraits de la Famille Royale, en lithographie.

54. **Divers**. Cavalerie Impériale française (Bance). — La même, copie de Kolbe. — La Revue Royale, ou réunion des uniformes français. — Cavalerie de la Garde Royale (Genty). — Soldats du régiment des Dromadaires. — Planches publiées chez Jean. — Soldats de la Garde. Etc. In-folio, en feuilles.

Ensemble douze pièces noires ou coloriées.

55. **Divers**. Lœillot. Cortège de Charles X (3 pl. au lieu de quatre). — Massé et de Moraine. La Garde Impériale, 1857. — Aubry. École de Cavalerie (incomplet). — Mallet. Hussard de la Garde. — Bellangé. Hussards, 4e et 5e. Etc.

Réunion de quatorze planches noires ou coloriées.

56. **Divers**. Planches de costumes ou scènes; lithographies, dessins, imageries. Lot de 50 pièces en noir ou en couleurs.

57. **Drapeaux** des régiments d'Infanterie (Louis XVI). Aquarelles très soignées, faites d'après les planches de Delaistre, au Dépôt de la Guerre. In-4, en feuilles.

Réunion de 120 aquarelles relevées d'or. Elles portent au dos le nom du régiment.

58. **Drapeaux** de demi-brigades sous la République. Copies des dessins de Raffet faits d'après nature à l'arsenal de Vienne et conservés à la Bibliothèque de l'École des Beaux-Arts. In-4, en feuilles.

Collection de 18 aquarelles donnant les deux faces des drapeaux des demi-brigades de bataille.

59. **Drapeaux** des demi-brigades de bataille en 1796, d'après les aquarelles de Pernot, conservées aux Invalides. In-4, en feuilles.

Collection de 77 aquarelles très soignées représentant les drapeaux des 8e à 81e demi-brigades. Titres au dos.

60. **Dumaresq**. Uniformes de la Garde Impériale en 1857, dessinés sous la direction du Gal de division Hecquet, par Armand Dumaresq, *Paris, Imprimerie Impériale, MDCCCLVIII.* Grand in-folio, en feuilles, dans un carton spécial.

Suite rare et complète de 1 titre, 5 tableaux de texte et 55 planches lithographiées. Ouvrage non mis dans le commerce.

61. **Dumaresq**. Uniformes de l'Armée française en 1861, dessinés sous la direction du Gal de division Hecquet, par Armand Dumaresq. Troupes de ligne. *Paris, Lemercier, MDCCCLXI.* Grand in-folio, en feuilles, dans un carton spécial.

Suite complète de 1 titre, 1 table et 56 planches lithographiées. Ouvrage non mis dans le commerce.

62. **Duplessis-Bertaux**. Suite de Militaires de différentes armes. Ier Empire. En feuilles.

Série complète de 12 petites pièces à l'eau-forte, remontées. On y joint 6 contrefaçons allemandes; un peu plus grandes.

63. **ECKERT ET MONTEN**. Les Armées d'Europe représentées en groupes caractéristiques. Royaume de France. *Wurzbourg, chez Ch. Weiss* (1844). In-folio, en feuilles.

Suite complète de 18 planches coloriées et 3 schéma (*rares*) dans la couverture française de publication. On y a ajouté une planche qui manque à toutes les collections et qui n'est pas décrite : *Le Maréchal de France*. Soit en tout 22 pièces. Série rare complète.

64. **État général** des troupes de France sur pied en mai 1748. — *État général* des troupes françaises, tant de la maison du Roi,

qu'Infanterie, Cavalerie... sur pied en janvier 1752. — *État militaire* de la République française pour l'an XI (1802). Trois vol. in-12, veau.

65. **ÉTAT MILITAIRE** de France. In-12. Reliures diverses.

Réunion ininterrompue de 32 volumes, allant de 1758 à 1789 inclus.

66. **Étendards,** Guidons, Banderoles, Drapeaux. Aquarelles relevées d'or, d'après des documents au Dépôt de la Guerre, XVIIIe siècle. In-folio, en feuilles.

25 drapeaux des régiments d'Infanterie. — 18 Étendards, etc., pour la Cavalerie. — On y ajoute 4 Étendards, Chasseurs à cheval, Empire. — Ensemble 47 aquarelles.

67. **Exercice.** L'Art militaire français, contenant l'exercice et le maniement des armes. Dédié à Mgr le Mareschal Duc de Boufflers. *A Paris, chez Pierre Giffart*, 1697. In-12, veau.

Ce livre contient 85 planches donnant le maniement du mousquet et de la pique.

68. **Fieffé.** Histoire des Troupes étrangères au service de France... et de tous les régiments levés dans les pays conquis. Par Eug. Fieffé. *Paris*, 1854. Deux vol. in-8, demi-rel.

Illustré de 32 planches coloriées.

69. **Foussereau.** L'Artillerie française en 1829, par Foussereau. Garde Royale et Ligne. Lith. de Engelmann. In-4, en feuilles.

Suite rare, complète des 13 lithographies coloriées, donnant les costumes de l'artillerie à la fin du règne de Charles X. Les planches 9 et 13 sont en noir.

70. **Foussereau.** Milices révolutionnaires sous le gouvernement provisoire (du 24 février au 4 mai 1848). Dessiné d'après nature, par Foussereau; lithographié par E. Charpentier. *Paris, Goupil* (1848). In-folio, en feuilles.

Suite complète de 12 planches coloriées, donnant des costumes fort peu connus. Ouvrage rare.

71. **Gaildrau.** L'Armée française, 1855-1856. Lith. par J. Gaildrau. In-folio, en feuilles.

Réunion de 17 planches coloriées de cet ouvrage resté inachevé.

72. **Galons** des régiments de Cavalerie, Hussards, Dragons, copiés sur les échantillons conservés à la Bibliothèque du Dépôt de la Guerre. In-4, en feuilles.

Réunion de six feuilles d'aquarelles. Galons conformes au règlement de 1786.

73. **Ganier.** Costumes des régiments et des milices... d'Alsace et de la Sarre... pendant les XVIIe et XVIIIe siècles. Par H. Ganier. In-folio, demi-reliure.

Texte et 20 planches en chromolithographie.

74. **Gautier**. Troupes françaises, 1814-1816. In-folio, en largeur, en feuilles.

Nous avons les 2 planches décrites, plus une troisième représentant les Gardes du Corps, Carabiniers et Hussards du Roi. Nous y joignons le Mousquetaire noir de la Maison du Roi (1814). Enfin nous ajoutons les deux planches d'Officiers étrangers : *Est-ce ça* et *Quelle nouvelle*. Ensemble six pièces coloriées.

75. **GENTY**. Troupes françaises (1815). *A Paris, chez Genty*. Petit in-4, en feuilles.

Suite complète des 16 planches décrites et du frontispice; le tout colorié. Nous avons en plus 3 feuilles doubles, avec différences, et le frontispice (*très rare*). On y joint aussi l'original décrit à la page 59 du « Catalogue » : Infanterie de Ligne, Fusilier.

Ensemble 22 pièces. Quelques-unes rognées.

76. **Genty**. Troupes françaises (1816). *A Paris, chez Genty*. Petit in-4, en feuilles.

Le « Catalogue des différentes suites » décrit 67 planches. Il ne nous en manque que deux pour être complet (parmi celles sans numéros). Par contre, nous possédons 13 doubles avec quelques différences et 2 planches de Gardes du Corps du Roi à pied. Soit un ensemble de 110 planches, quelques-unes en noir. Cette collection, la plus importante de celles publiées chez Genty, se trouve rarement réunie.

77. **GIERSBERG**. République française (1793). Drapeaux de Bataillons auxiliaires et de Demi-Brigades. Aquarelles de Giersberg (1889), d'après les originaux conservés à l'Arsenal de Berlin. In-folio, en feuilles.

Travail de la plus haute importance. La collection contient 190 pièces et un titre. Ces aquarelles, ainsi que les suivantes, de la plus stricte exactitude, d'une grande finesse d'exécution, ne sont pas des copies de manuscrit, mais bien exécutées d'après les drapeaux eux-mêmes. Elles sont au 1/10 ou au 1/5 de l'original.

78. **Giersberg**. République française (1793). Étendards de la Cavalerie et de l'Artillerie. Aquarelles de Giersberg, d'après les originaux de l'Arsenal de Berlin. In-folio, en feuilles.

Cette série fait suite à la précédente. Elle contient 38 belles aquarelles, et un texte explicatif, manuscrit.

79. **Giersberg**. République française (1793). Étendards de la Gendarmerie. Aquarelles d'après les originaux de l'Arsenal de Berlin. In-folio, en feuilles.

Cette troisième suite, la plus importante de l'œuvre, contient 90 aquarelles d'une très belle exécution, chacune relative à un de nos départements.

80. **Giersberg**. Consulat et Empire. Drapeaux et Étendards. Aquarelles d'après les originaux de l'Arsenal de Berlin. In-folio, en feuilles.

Dans cette quatrième série, qui est certainement la plus intéressante, nous retrouvons des drapeaux de toutes armes, avec l'inscription : Le 1er Consul (ou l'Empereur des Français), à tel ou tel Régiment. La collection est de 50 superbes aquarelles, avec texte explicatif.

81. **GILBERT**. Musée d'Artillerie. Objets d'équipement. 1684-1887. Grand in-4 en feuilles.

Collection de 74 aquarelles très soignées, par C. Gilbert, sur papier fort. Elles représentent les tambours, sabretaches, gibernes, casques, shakos, etc., conservés au Musée d'Artillerie.

82. **Girard**. Traité des armes, dédié au Roi, par le Sr P. J. F. Girard. (Suivi de l'Exercice du fusil.) Orné de figures en taille-douce. *La Haye, chez Pierre de Hondt*, 1740. In-4 obl., demi-rel. toile.

Outre le texte, l'ouvrage comporte 116 planches numérotées. Il n'y a pas de pl. 70, 78, ni 84. Peut-être ne manquent-elles pas, car la pagination est mal suivie.

83. **GRAMMONT**. Collection de 13 aquarelles par Grammont, d'après les gouaches de l'« Album de 1812 » de la Bibliothèque de la Guerre. In-folio, en feuilles.

Ces belles aquarelles, de la grandeur des gouaches originales, sont de précieux documents, tant par l'observation minutieuse des détails que par la netteté d'exécution.

84. **Grammont**. Troupes à cheval de la Maison du Roi, Cavalerie et Dragons. 1724. In-folio, en feuilles.

Collection complète de 47 aquarelles par Grammont, rehaussées d'or et d'argent, exécutées d'après les gouaches du Recueil d'Hermand, de la Bibliothèque de la Guerre. Fort belle suite, du plus haut intérêt.

85. **Gravelot**. Planches gravées d'après plusieurs positions dans lesquelles doivent se trouver les soldats, conformément à l'ordonnance du Roi. 1766. *Gravelot del., G. de la Haye sc.* In-4, en feuilles.

Suite de 36 figures gravées, plus une planche représentant un soldat au port d'armes, par Le Mire.

86. **Hecquet**. Tracé descriptif des divers objets d'habillement, d'équipement, de harnachement, à l'usage de l'armée française en 1828, exécuté d'après les ordres de S. E. M. le Vte de Caux, ministre de la guerre. Par F. Hecquet, chef de B[on] au 54e de Ligne. 1re Partie. Armée de Ligne. *Paris, Lithogr. de Langlumé*, 1828. In-folio, en feuilles.

Titre, table indiquant 60 numéros et suite complète de 59 planches (il n'existe pas de pl. 25) avec texte. Le titre porte : 1re partie ; mais cet ouvrage étant resté non décrit, nous le supposons complet en un seul volume.

On y a joint un Règlement autographié de 1829 pour la tenue des officiers du 3e Rég. du Génie, signé d'Hautpoul, colonel du régiment. Ce règlement a 4 pages de texte et 4 planches.

87. **Hendschel**. Garde Impériale et Royale (1806). In-4 en feuilles.

Suite de 12 aquarelles en fac-similé de l'exemplaire de Dresde. Cette série, presque inconnue, est fort précise pour les détails du costume.

88. **Histoire et Portraits**. Revue de la Garde, par Napoléon, à Berlin. — Le colonel Moncey blessé. — Portraits de Poniatowsky, François Pie, etc.

Réunion de 15 pièces noires ou coloriées.

89. **HOFFMANN**. Gardes de la Porte du Roi (1785-86). Dédiés à M. le Vte de Vergennes, colonel des Gardes de la Porte. Petit in-folio, en feuilles.

Très belle suite, contenant 5 planches en noir, à belles marges : Garde en grand uniforme, Garde en petit uniforme, Tambour, Officier, Brigadier. Rare.

90. **Hoffmann**. Royal Artillerie. — Chasseurs à pied. — Le Régiment de Lyonnois, n° 28. — Soldat d'Infanterie. —Officier d'Infanterie. In-4, en feuilles.

Réunion de 5 planches coloriées. Uniformes sous Louis XVI.

91. **Hoffmann**. Garde national, 1er uniforme. — Chasseur des Vosges à pied, 3° Rég[nt]. — Trompette des Chasseurs à cheval de la Garde. — Soldat d'Infanterie. — Officier d'Infanterie. In-4, en feuilles.

Réunion de 5 planches coloriées. Uniformes de la République.

92. **Hoffmann** (Genre de). Soldats habillés selon le nouvel uniforme avec lequel ils passèrent la revue du Roy en 1762. Aquarelles, avec bordures au lavis.

Quatre belles pièces représentant le soldat d'infanterie et le canonnier, chacun vu de face et de dos. *Collection Destailleurs.*

93. **Hoffmann** (d'après). Les Régiments Suisses et Grisons au service de France. 1780. *Zofingue*, 1883 (Titre manuscrit). In-4. En feuilles.

Suite de 16 calques coloriés, remontés, exécutés d'après les tableaux conservés à l'arsenal de Soleure, par E. Volmar.

94. **Horvath**. Uniformes de l'armée de la République française (en 5 livraisons). *A Potsdam, chez Horvath* (1802). In-8, en cahiers.

Reproduction à l'aquarelle de cet ouvrage si rare. Il fut copié, il y a environ 25 ans, sur l'exemplaire de Dresde, et contient 43 planches au lieu de 41 décrites.

95. **Isabey**. Revue du Gal Bonaparte, premier Consul. An IX (1800). Dessiné par Isabey et Vernet. Gravé par Pauquet, terminé par Mécou. Grand in-folio.

Très belle épreuve, avec le cachet de l'artiste. Piquée dans le ciel. Marge.

96. **ISNARD**. État général des uniformes de toutes les troupes de France, représentées par un homme de chaque régiment, dans le costume du nouveau réglement, arrêté par le Roi pour l'habillement de ses troupes, le 21 février 1779. Par M. P. F. Isnard. *A Strasbourg, chez J. H. Heitz*, MDCCLXXIX. Grand in-8. En feuilles.

Exemplaire bien complet et conforme à la description. Les planches, gravées sur bois, sont coloriees. Bel état.

97. **JANET-LANGE**. Uniformes de l'Armée française en 1847, dessinés d'après l'ordre du Ministre de la guerre par Janet-Lange, *Paris, Impr. d'Aubert*. In-folio, en feuilles.

Collection complète de 64 planches et un titre, coloriés et remontés. On y a joint 14 feuilles doubles, mais donnant quelques changements dans les uniformes. Le titre est en 1er état, avant la lettre. Cet ouvrage se trouve rarement complet.

98. **Job.** Tenues des troupes de France à toutes les époques. *Paris*, 1900. In-4.

Livraisons dépareillées. Illustrations en couleurs.

99. **Journal** militaire officiel, 1815-1886. — *Bulletin officiel du Ministère de la Guerre*, 1887-97. In-8, reliés et brochés.

Réunion de 42 volumes complets ou numéros séparés, contenant les décisions relatives à l'uniforme, l'organisation, etc.

100. **KOBELL**. Des troupes françaises en marche, 1800. — Halte de Hussards français. — L'équipage d'un officier Russe. — Hulans autrichiens en marche. — Hussards autrichiens en marche. In-folio, en feuilles.

Sur les six planches décrites, nous en possédons 5 mentionnées ci-dessus. Mais nous en avons d'autres, dont voici la nomenclature : Camp de l'Infanterie Bavaro-Palatine. — Passage du Rhin par les Russes à Mannheim, en 1814. — Halte de Cosaques. — Troupes cosaques en marche. — Uhlans autrichiens s'entretenant avec des filles. — Défilé de troupes autrichiennes. — Rassemblement de troupes autrichiennes devant une ville. — Campement d'Autrichiens. Nous avons donc au total 13 belles planches, dont quatre sont coloriées.

101. **Kobell**. Tableau général de l'Infanterie et de la Cavalerie française. W. Kobell pinx., Rahl sculp. *A Vienne, chez Artaria*. In-folio.

Deux superbes planches coloriées, faisant pendants. Elles donnent les costumes de 1809. Belle conservation.

102. **Labrousse**. Costumes de la République, dessinés et gravés par Labrousse. In-8, en feuilles.

Suite de 14 pièces coloriées.

103. **LALAISSE**. Collection des Uniformes de l'Armée et de la Marine françaises. 1840-1848. *Paris, Martinet*. In-folio, en feuilles.

Sur les 124 lithographies décrites, nous en possédons 118 (manquent : 27, 28, 29, 80, 123, 124), plus les 2 variantes des 95 et 101. Le titre est en double état, ce qui explique les différences de tirage que l'on rencontre.

On y ajoute 48 doubles, dont plusieurs avec modifications, surtout dans les Hussards. Au total : 168 planches.

104. **Lalaisse**. Costumes de tous les corps de l'Armée et de la Marine françaises, sous Louis-Philippe Ier. Par H. Lalaisse. *Paris, Martinet* (1845-52). In-folio oblong, en feuilles.

Cette suite, une des meilleures de Lalaisse, comprend 36 lithographies coloriées. La pl. 27 nous manque. La pl. 7 est en noir.

Nous ajoutons à cette suite : 1° Neuf pl. doubles coloriées, avec différences ; 2° Une lithographie du Cte Pajol : 8e Rég[nt] de Hussards (*Très rare*).

Ensemble, nous avons donc 45 planches.

105. **Lalaisse**. La Jeune Armée. Costumes militaires dessinés d'après nature et lithographiés par H. Lalaisse. *Paris, Hautecœur* (1842). In-folio, en feuilles.

Suite complète, intéressante et rare, de 12 lithographies coloriées, avec le titre.

106. **Lalaisse**. Armée française. 1848. In-folio, en feuilles.

Lot composé de 5 planches avant toutes lettres. Modèles de coloris provenant de l'artiste.

107. **Lalaisse**. Uniformes de l'Armée et de la Marine françaises. 1848-1852. *Paris, Martinet-Hautecœur*. In-folio, en feuilles.

Suite complète de 40 lithographies coloriées. Nous n'avons pas la pl. 7bis qui ferait la 41e pl., mais cette feuille n'est qu'une variante dans le coloris du no 7.
Nous ajoutons 9 pièces doubles, avec changements.

108. **Lalaisse**. L'Armée et la Garde Impériale. 1853-1866. *Paris, Martinet-Hautecœur*. In-folio, en feuilles.

Sur les 118 planches décrites, il nous en manque cinq : 8bis, 24bis, 34, 39bis, 41bis et le titre. Mais nous ajoutons 30 doubles.
Voici, en outre, les différentes observations à noter : No 53, nous avons les trois variantes décrites. — No 54, nous n'avons qu'une des deux variantes. — No 55, nous avons 3 variantes, au lieu d'une annoncée. — No 70, nous n'avons qu'une seule des deux couleurs. — No 76, nous avons deux variantes, au lieu d'une seule couleur.
Au total, notre collection se compose de 146 pièces coloriées. Il est très difficile de former cette suite au complet. Les éditeurs en firent des albums de 40 à 50 planches variées avec un cartonnage spécial, de sorte qu'il faut en dépecer dix ou douze avant d'arriver à former un exemplaire.

109. **Lalaisse**. L'Armée et la Garde Impériale. 1860-1870. *Paris, Hautecœur*. In-folio, en feuilles.

Cette série est aussi difficile à former que la précédente. La nôtre ne contient que 44 planches.
Voici les quelques observations relevées : No 34, nous avons une seconde pl. différente de l'autre, du même no. — No 36bis, ce no non décrit représente un chasseur à pied, l'arme à la main. — No 50, ce no non décrit est : Gendarmerie Impale, Légions départementales. — No 52, également non décrit, donne l'École Imple Polytechnique.
Au total nous avons 48 pièces coloriées.

110. **Lalaisse**. Costumes militaires sous Napoléon III. *Paris, Hautecœur* (1852-54). In-fol. oblong, en feuilles.

Cette suite n'est pas entièrement conforme à la description qu'en fournit l'utile ouvrage de Mr G***. Les pl. 3bis, 5ter et 6 sont différentes. Il y a une pl. 5, Chasseurs à cheval, autre que la 14e. Une 17e pl. représente le Train des équipages.
On y joint 5 pièces : Guides, Garde nationale, Carabiniers et Lanciers. Il y a aussi 2 pl. doubles. Ensemble 26 pièces.

111. **Lalaisse.** Types militaires du troupier français, dessinés et lithographiés par H. Lalaisse. *Paris, Morier* (1854-1870). In-folio, en feuilles.

Titre imprimé et collection complète, conforme à la description, des 59 planches coloriées, auxquelles on a ajouté 18 doubles différentes. Ensemble 77 pièces. Une des meilleures suites de Lalaisse.

112. **Lalaisse.** L'Armée française (1875-1877). *Paris, Martinet.* In-folio, en feuilles.

Collection complète des 32 lithographies coloriées.

113. **LALAISSE.** Garde Impériale et Armée de Ligne. 1852-1858. In-folio, en feuilles.

Importante collection de 78 aquarelles originales de Lalaisse. Elles donnent en une figure à pied ou à cheval les uniformes et de nombreux détails. Croquis en marges et au dos. Précieux document pour certains costumes du Second Empire.

114. **LALAISSE.** Album d'études au crayon et à l'aquarelle, par H. Lalaisse. Petit in-folio cartonné (prov. de la vente de l'artiste).

Ce précieux album nous présente, sur 89 feuillets, dessinés souvent des deux côtés, les uniformes de l'armée française depuis 1832 jusqu'à 1860. A signaler surtout une cinquantaine de types à pied, à l'aquarelle, presque tous de 1843 à 1846.

115. **LALAISSE.** Album d'études à l'aquarelle et au crayon, provenant de l'artiste. In-folio, cartonné.

Cet album contient, sur 32 feuilles, plus de 200 types de l'armée française, de 1833 à 1840. Il renferme des notes de l'auteur.

116. **LAMI.** Collection des armes de la Cavalerie française en 1831 (à 1834), par Eug. Lami. *A Paris, chez Neuhaus.* In-folio, en feuilles.

Collection complète des 10 lithographies coloriées, plus la pl. 6 en double (noir). Suite très rare complète et justement estimée.

117. **Lami et Vernet.** Collection des Uniformes des Armées françaises de 1791 à 1814, dessinés par H. Vernet et E. Lami. *Paris, Gide,* 1822. — Collection raisonnée des Uniformes français, de 1814 à 1824 (2e partie). *Paris, Anselin,* 1825. In-8 en feuilles.

Les deux parties sont bien complètes : 100 pl. pour la première et 48 pour la seconde. Les lithographies sont avec l'adresse de Delpech effacée. On a joint à l'exemplaire : 1° Un portrait de Napoléon, formant frontispice. — 2° Une planche double, en noir. — 3° Un conscrit de l'Ex-Garde (n° 61). — 4° Une feuille, Régiment Suisse de la Garde Royale.

118. **LATTRÉ.** Uniformes de l'Infanterie française, suivant le réglement arrêté par le Roy le 25 avril 1767. *A Paris, chez Lattré.* In-8, en feuilles.

Cet ouvrage, supérieur au Montigny comme exécution, est complet en 99 planches coloriées. Il a de plus les 2 pl. sans numéros, non décrites, qui figurent cependant à la table. Quelques feuilles remontées.

On y a joint un n° 62bis différent, et aussi le frontispice de l'Exercice de l'Infanterie, du même auteur.

119. **Lecomte.** Costumes civils et militaires de la Monarchie française de 1200 à 1820. In-4, en feuilles.

Lot de 28 lithographies coloriées, représentant des costumes militaires appartenant à cette suite.

120. **Legras.** Réunion de 57 planches, procédé Legras, de types et costumes militaires français. 1878-89. In-folio, en feuilles.

121. **Lemau de la Jaisse.** Carte générale de la Monarchie française contenant l'histoire militaire... avec l'explication en vingt tables... par le sieur Lemau de la Jaisse... mise au jour par l'auteur en 1733. In-folio, demi-chagrin vert.

Quelques planches sont montées sur toile.

122. **Lithographies diverses.** E. Lami. Garde nationale à cheval. — Foussereau. Lanciers d'Orléans. — Lœillot. Armée française : Carabinier, Lieutenant de Hussards, Infanterie, etc. — Lami. La Consigne. Etc. In-folio.

Réunion de 19 lithographies noires ou coloriées.

123. **MALLET.** Infanterie de la Garde Royale. Lithographié par ordre de S. E. le Ministre de la Guerre... dessiné par le chef d'escadron Mallet. *Paris* (1817-19). In-folio, en feuilles.

Suite complète des 12 lithographies, en noir, conforme à la description qu'en donne le « Catalogue », mais avec des numéros différents (imprimés). Elle contient de plus une planche avant la lettre, représentant trois Hussards à pied dans la même pose. La suite étant relative à l'Infanterie, cette planche est probablement la seule d'une autre série restée inachevée. Ouvrage très estimé.

124. **Mallet.** La même suite, coloriée, mais incomplète de la pl. 12. Par contre, elle contient 8 feuilles doubles, avec des différences de coloris. En tout 19 pièces.

125. **Mareschal.** Artillerie, Garde Royale. Collection des dessins lithographiés représentant les principales positions du canonnier..... Ouvrage exécuté par ordre de S. E. le Ministre de la Guerre par le Chᵉʳ Mareschal. *Paris, Lith. Engelmann.* Typogr. Didot, 1824. In-folio, en feuilles.

Cet ouvrage, non décrit, contient : Titre, 5 feuillets de texte et 20 lithographies signées Mareschal, 1822-23. Le canonnier est représenté dans les principales positions de la manœuvre de l'artillerie. Suite complète, fort intéressante.

126. **MARTINET.** Troupes françaises (1ᵉʳ Empire), 1807-1814. *A Paris, chez Martinet.* In-8, en feuilles.

Cette Collection, la plus importante de celles qui ont été publiées en France sur les troupes de Napoléon, contient ici 339 planches coloriées, au lieu de 349 décrites dans le « Catalogue spécial ». Les dix manquantes sont : 24bis, 36bis, 62, 100bis, 121bis, 124bis, 127bis, 202bis, 211bis et 247.

Quelques pièces ne sont pas entièrement conformes à la description, mais c'est seulement dans le nº du régiment qu'elles diffèrent, ce qui ne saurait former une dissemblance appréciable. Il serait impossible aujourd'hui de parvenir à former une pareille collection.

127. **Martinet.** 73 planches de la même collection.

Cette réunion a été formée à l'aide des planches dont la description ne concorde pas avec les indications du « Catalogue », ou qui n'y figurent pas. Lot très intéressant.

128. **Martinet.** Planches doubles de la collection.

Réunion de 206 pièces coloriées (sans répétitions).

129. **Martinet.** Planches doubles du numéro précédent.

Collection de 93 pièces coloriées (sans répétitions).

130. **Martinet.** Planches doubles du numéro précédent.

Réunion de 35 pièces, dont quelques-unes en noir.

131. **Martinet.** Troupes françaises (Restauration), 1814-1816. In-8, en feuilles.

Suite de 16 planches en noir ou en couleurs (au lieu de 18 ; il manque les numéros 13 et 17.

132. **Martinet.** Planches doubles de la série précédente.

Neuf pièces en noir ou coloriées.

133. **Martinet.** Troupes françaises. Maison du Roi, 1814.

Cette série, très rare, ne contient que neuf pièces au lieu de 14 décrites. Une double ajoutée.

134. **Martinet.** Maison du Roi, 1814. Par Godefroid. *A Paris, chez Martinet.* In-folio, en feuilles.

Cette belle série ne comporte que quatre planches coloriées : Gardes du Corps, Mousquetaires noirs, Chevau-légers et Gendarmes. Belles épreuves.

135. **Martinet.** Galerie Militaire. Troupes françaises, 1816-1822. Garde Royale. In-8, en feuilles.

Notre suite est plus que complète. En outre des 23 pièces décrites, elle contient un n° 15 : Grenadiers à cheval, grande tenue. Nous y joignons aussi les nos 8 et 9 en double, avec différences. Au total 26 pièces coloriées.

136. **Martinet.** Planches doubles de la série précédente.

Réunion de 20 pièces en noir ou coloriées.

137. **Moltzheim.** Esquisse historique de l'Artillerie française depuis le Moyen Age jusqu'à nos jours, par A. de Moltzheim. *Strasbourg*, 1868. In-folio, demi-reliure.

Texte et 64 planches en chromolithographie. Très bel exemplaire de la première édition, non décrite, avant l'adresse de Paris et la date 1870. On y a joint une série de 16 croquis à la plume, quelques-uns lavés d'aquarelle, se rapportant au même ouvrage.

138. **Moltzheim.** Artillerie française, 1806, 1815, 1820, 1829. Aquarelles originales signées. En feuilles.

Réunion de 7 pièces intéressantes : Artillerie à pied de la Garde Impériale. — Train d'Artillerie. — Artillerie à pied de la Garde Royale. — Artillerie de montagne, mulets.

139. **Moltzheim.** La nouvelle Armée française, par A. de Moltzheim (1875). In-folio, en feuilles.

Collection complète des 32 aquarelles originales de cette intéressante publication. Elles sont signées et de la grandeur des lithographies publiées par Dusacq.

Nous y joignons des Notes se rapportant à la même suite et 49 croquis, minutes ayant servi à l'auteur avant l'exécution de ses aquarelles.

140. **MOLTZHEIM.** Uniformes de l'Armée française sous la Restauration (1815-1830). Collection de 594 aquarelles originales de A. de Moltzheim, signées, réunies et classées en sept cartonnages spéciaux. Dimensions des aquarelles : 0,300 × 0,230.

Œuvre colossale, entreprise par M. de Moltzheim en 1875. Il y travailla sans interruption jusqu'en 1881, date de sa mort, laissant inachevée une partie qui l'intéressait beaucoup (l'Artillerie à cheval) ; mais nous possédons les croquis préparatoires de cette série.

La Garde Royale tout entière, la Gendarmerie, l'Infanterie française, suisse et étrangère, le Génie, l'Artillerie à pied sont complètes.

Les sources utilisées ont été : les Règlements et les planches de Bardin, les Règlements insérés au Journal militaire, les Ordonnances, ouvrages et gravures du temps. On a cherché, par un emploi judicieux et une critique approfondie de tous ces matériaux, à approcher le plus possible de l'exactitude réglementaire. Les personnages représentés ne sont pas non plus des bonshommes secs et droits ; chaque planche est en même temps un petit tableau de genre.

A cette collection si importante, nous joignons la série des minutes retrouvées après la mort de l'artiste (492 pièces). Ce sont de précieux documents, ces croquis sur lesquels on voit toutes les notes, observations et critiques nécessaires avant l'exécution d'une planche.

De plus, nous ajoutons encore les 12 minutes de l'Artillerie à cheval, qui devaient servir à terminer ce travail magnifique.

Nous ne pouvons dire mieux enfin qu'en donnant la composition de la collection :

Artillerie de la Garde Royale.	48	aquarelles.
Cavalerie.	102	—
Infanterie	50	—
Gendarmerie	52	—
Artillerie et Génie.	66	—
Cavalerie.	144	—
Infanterie	132	—

Au total nous relevons donc 594 aquarelles, 492 minutes et 12 autres minutes (non achevées en aquarelles).

141. **Moltzheim.** 1er Régiment de Lanciers. Régiment de Nemours, 1831 à 1837. Belle aquarelle originale, signée.

Pièce restée inédite.

142. **MONTIGNY.** Uniformes militaires, où se trouvent gravés en taille douce les uniformes de la Maison du Roy... avec la date de

leur création... dessiné et gravé par le Sieur de Montigny. Se vend *à Paris, chez l'auteur*, MDCCLXXII. In-12, plein maroq. rou., filets, tr. dor.

Très bel exemplaire, conforme à la description. Comme l'indique la table, il y a 2 planches 140; soit donc un total de 175 pl. coloriées. Bel état.

143. **Mouillard.** Les Régiments sous Louis XV. Ouvrage illustré par 49 planches en lithochromie reproduisant les drapeaux, étendards et costumes des régiments de 1737 à 1774. Augmenté de 6 reproductions en couleurs de tableaux. *Paris, Baudoin*, 1882. In-folio, en feuilles, dans le cartonnage de l'édition.

Ouvrage bien complet. Les tableaux de détails sont très intéressants, car ils reproduisent des documents originaux difficiles à trouver.

144. **Ordonnances** du Roi (1755 à 1778). *Paris, Imprimerie Royale.* 22 ordonnances réunies en 4 vol. reliés et une brochure. Petit in-folio.

Voici les principales Ordonnances : Règlement pour l'habillement des troupes, 1767. — Maréchaussée. — Rétablissement des Rég[ts] Royal Lorraine et Royal Barrois. — Création du Régiment étranger de Dunkerque. — Règlement sur l'uniforme des officiers généraux, 1775, avec 5 planches. Etc.

145. **Ordonnance** provisoire sur l'exercice et les manœuvres de la Cavalerie. *Paris*, 1815. Deux vol. in-12, veau.

Un volume de texte et un vol. de planches repliées.

146. Le même ouvrage. Édition de 1804 en 3 volumes, dont 2 de planches. In-12, veau.

147. **Ordonnance**. Planches relatives à l'Ordonnance du Roi du 6 décembre 1829 sur l'exercice et les évolutions de la Cavalerie. *Paris*, 1829. In-4, en feuilles.

Atlas contenant un choix de 46 feuilles au trait donnant les positions de l'école du cavalier.

148. **Parrocel**. Réunion de 32 eaux-fortes, par Parrocel, à un personnage à cheval. Costumes français vers 1720. In-4, en feuilles.

149. **Photographies**. Reproductions de tableaux de Versailles. Militaires époque Louis XV. Scènes historiques et portraits.

Collection de 18 photographies remontées.

150. **POTRELLE**. Garde des Consuls. *A Paris, chez Potrelle et chez Niodot*. In-8, en feuilles.

Série complète des 14 planches gravées et coloriées. Cette suite est fort rare et très précise.

151. **RAFFET**. Le Colonel du 17e Léger (G. 7). — S. A. R. Mgr le Duc d'Aumale (G. 8). — Le Drapeau du 17e Léger (G. 83). Lithographies in-folio. Superbes épreuves sur chin .

On y joint une seconde épreuve du Colonel du 17e Léger, également sur chine, légèrement rehaussée de couleurs. Soit 4 pièces.

152. **Raffet.** Drapeaux français. Aigles, 10 mai 1852 (Collection inachevée). (G. 168-171, R. R.). In-4 en couleurs.

Suite complète des 4 feuilles auxquelles on a joint les numéros 168 et 170 en épreuves d'essai avant toutes lettres. Soit 6 pièces.

153. **Raffet**. Catalans. 1er état (172, R.R.). — Soldats d'infanterie légère et turcos. 1er état (181, R. R.). — Armée Autrichienne. 1er état (182, 183, 184, R. R.). — Chevau-léger, Lancier. 1er état (186, R. R.). — Prisonniers Russes. 1er état (187, R. R.).

Réunion de 7 lithographies sur chine en épreuves de choix. On y joint 6 pièces du Voyage en Russie, également sur chine. Ensemble 13 pièces.

154. **Raffet**. Retraite de Constantine. Six sujets (536-542). — Prise de Constantine. Douze sujets (543-556). *Paris, Gihaut*. In-folio, en feuilles.

Deux suites complètes de 6 et 12 planches de 1er tirage, sur chine, avec les titres et les couvertures. Conservation parfaite, sans piqûres. (Provient de la vente Gihaut.)

155. **Raffet**. Souvenirs d'Italie. Expédition de Rome. 1849 (557-593). *Paris, Gihaut*. In-folio, en feuilles.

Suite complète, comprenant : Couverture, titre, table et les 36 planches sur grand chine. Parfait état.

156. **Raffet**. Collection de Costumes militaires (1825). Lith. de Villain. Petit in-4, en feuilles.

Suite de 15 planches coloriées, dont nous ne possédons que neuf. Les manquantes sont : 8, 11, 12, 13, 14, 16. La planche 10 est en double (en noir). Marges égales. La première des suites décrites par Mr G.

157. **Raffet**. Garde Royale. 1828. Lith. de Villain. Petit in-4, en feuilles.

Collection rare de 18 planches en noir ou coloriées (2 sont en photographie). Il nous manque la pl. 6. Le 14 et le 17 n'existent pas, mais nous croyons que la dernière pl. décrite doit porter le no 17.
On y ajoute 4 feuilles coloriées, doubles, avec différences.

158. **Raffet**. Doubles de la collection précédente, en noir. Ce sont les Nos 1, 2, 3, 4, 5, 7, 8, 9, 11, 12, 13, 16, 18, 19. Soit quatorze pièces.

159. **Raffet**. Uniformes des troupes de ligne (1827-29-30). Lith. de Villain. Petit in-4, en feuilles.

Cette suite n'est pas entièrement conforme à celle décrite par Mr G. Elle a 4 planches en moins et 1 en plus. Pièces en noir et en couleurs.
On y a ajouté une pl. en 2 états (noir et couleurs) : Garde nationale, grande tenue d'été, dont il n'y eut que très peu d'épreuves. En tout 12 pièces.

160. **Raffet.** Collection des Costumes militaires de l'Armée et de la Marine françaises depuis août 1830, par Raffet. 1833. Petit in-4, en feuilles.

Très belle et rare suite complète, comprenant : Titre, 36 planches coloriées et 17 doubles, également coloriées, donnant des différences de costumes.

161. **Raffet.** Doubles de la collection précédente, en noir. Il ne manque à cette série que les nos 7, 18 et 19. Et elle a en double les 4, 15, 23 et 28. Soit un total de 34 planches, dont plusieurs avant la lettre.

162. **Règlement** arrêté par le Roi, pour l'habillement et l'équipement de ses troupes. Du 1er octobre 1786. *Paris, de l'Impr. Royale*, 1787. In-4, cartonné.

Règlement fort intéressant et très détaillé, contenant 6 planches de tracés de broderies, galons, boutons, etc.

163. **Règlement** concernant les Uniformes des Généraux et des officiers des États-Majors des armées de la République française. *Paris, de l'Impr. Ballard* (an 6). In-4, cartonné.

Cet intéressant règlement se compose de 16 pages de texte et de 12 planches se dépliant, qui donnent d'une façon très précise les détails de l'uniforme.

164. **Règlement.** Notice sur l'habillement, la coiffure, les marques distinctives, l'ornement et l'équipement des officiers des troupes de toutes armes. *Paris, de l'Impr. Royale*, 1815. In-folio, demi-reliure.

165. **Règlement** (Projet de) sur les manœuvres de l'Artillerie. *Paris*, 1824. Vol. in-8 de texte et Atlas in-4 oblong de planches en noir.

166. **Richard et Berrieux** (Chez). Troupes françaises, 1832. Planches de Genty (1816) transformées et publiées par son successeur en 1832. In-8, en feuilles.

Lot de 8 pièces en noir. Une est sans marge.

167. **Rugendas.** Napoléon le Grand ouvre la Campagne de 1809. — Bataille victorieuse de Poplawi, 1807. In-folio.

Deux belles planches, la 1re en bistre et la seconde en couleurs.

168. **SAINT-FAL.** Costumes militaires (1815). Saint-Fal del., Alix sculp. *A Paris, chez Noël*. In-fol. obl., en feuilles.

Cette suite, très rare, contient 14 gravures coloriées qui donnent les costumes des troupes des diverses nations en 1814. La pl. 10 (Turquie) nous manque.

169. **Scènes de camps** et Costumes Louis XV et Louis XVI. Formats divers. Neuf pièces.

Détachement de cavalerie, d'après Parrocel. — Halte des Gardes Françaises; Halte des Gardes Suisses. Pendants, du même artiste. Etc.

170. **Seele.** Cavaliers français au campement. — Français jouant. — La surprise mal à propos. — Avant-poste français. — Avant-poste autrichien. In-folio, en feuilles.

Réunion de 5 planches intéressantes, dont trois en couleurs. On y joint : Les Français au bivouac, de Herzberg. Ensemble 6 pièces.

171. **SUISSES.** Ill^tes Schweizer Regiment, in Kayserl. Konigl. Franzosischen Diensten (1809). In-folio en largeur, en feuilles.

Suite de 5 grandes planches, admirablement coloriées, dont 2 gravées, donnant en 15 figures à pied les costumes de ce corps au service de la France. Superbe série.

172. **Sujets militaires.** Le Patriotisme français. — La double récompense du mérite. Pendants par Avril, 1788. — Le Maréchal des logis, par Wille. — Le Retour, d'après Petit. In-folio.

Ensemble 4 pièces à costumes, Louis XVI et 1re République.

173. **Susane.** Histoire de la Cavalerie française, 3 volumes. — Histoire de l'Artillerie française, 1 vol. — Histoire de l'Infanterie française, 5 vol. Paris, 1874-76. Neuf vol. in-8, demi-reliure uniforme. — Histoire de l'ancienne Infanterie française, par Louis Susane. *Paris, Corréard*, 1856. In-8, en feuilles. Atlas contenant 151 planches.

174. **Swebach.** Armée française, 1831. Par E. Swebach. Lith. de Engelmann. In-fol. obl., en feuilles.

Suite complète des 12 planches coloriées, en parfaite condition et à marges égales. Il est très rare de la trouver réunie.

175. **TARDIEU.** Galerie des uniformes des Gardes nationales de France... Dédiée à S. A. R. Par A. Tardieu. *Paris*, 1817. In-8 broché. Couverture conservée.

Très bel exemplaire à toutes marges, contenant toutes les planches (28) coloriées. Ouvrage rare et intéressant.

176. **Titeux.** Histoire de la Maison militaire du Roi, de 1814 à 1830, avec un résumé de son organisation et de ses campagnes. Par Eug. Titeux. *Paris, Baudry*, 1889-90. Deux tomes. In-folio, en feuilles.

Excellent ouvrage qui fournit des documents que l'on ne trouve pas ailleurs. Il comprend 84 planches en couleurs.

177. **Uniformes.** Recueil factice d'environ 50 pièces originales ou copies se rapportant à la tenue des troupes. Seconde moitié du XVIIIe siècle. Mémoires, Ordonnances, Projets, etc. Lot fort intéressant. En un vol. in-folio, cartonné.

178. **Vassé**. Gardes de la Marine. — Soldats des Galères, 1716. D'après Vassé. In-folio, en feuilles.

Collection intéressante de 7 aquarelles, donnant avec précision des costumes peu connus par la gravure.

---

179. **Alexandre**. Historique du 15e Dragons, par le Sous-Lieutenant Alexandre. *Libourne*, 1885. In-8, demi-rel.

Orné de 12 planches hors texte.

180. **Arvers**. Historique du 82e Rég. d'Infanterie de ligne et du 7e Rég. d'Infanterie légère, 1684-1876, par P. Arvers. *Paris*, 1876. In-8, demi-rel.

Orné de 23 planches d'uniformes.

181. **Bonnières**. Historique du 3e Rég. de Dragons, par le Cap. A. de Bonnières de Wierre, illustré par le commandant Ameil. *Nantes*, 1892.

Illustré de 6 planches en couleurs.

182. **Bourqueney**. Historique du 25e Régiment de Dragons, 1665-1890, par le capitaine de Bourqueney. *Tours*, 1890. In-4, broché.

Illustré de 14 planches en noir et en couleurs.

183. **Bruyère**. Historique du 2e Rég. de Dragons. *Chartres*, 1885. Grand in-8, demi-rel.

Contient 18 planches coloriées.

184. **Castéras-Villemartin**. Historique du 16e Rég. de Dragons, 1718-1891. *Paris*, 1892. In-4, broché.

Renferme 7 planches en couleurs.

185. **Castillon de St-Victor**. Historique du 5e Régiment de Hussards, 1779-1889. *Paris*, 1889. In-4, demi-rel.

Orné de 23 portraits et de 9 gravures en couleurs, par M. H. de Bouillé.

186. **Chavane**. Histoire du 11e Cuirassiers, par J. Chavane ; illustré par M. de Gastex. *Paris*, 1889. Grand in-8.

Historique orné de planches en noir et en couleurs.

187. **Coste**. Historique du 40e Rég. d'Infanterie. *Paris*, 1887. In-8, broché.

Orné de 8 planches hors texte.

188. **Cudet.** Histoire des corps de troupe qui ont été spécialement chargés du service de la ville de Paris, depuis son origine jusqu'à nos jours, par F. Cudet. *Paris, Pillet*, 1887. In-8, broché.

Cet intéressant ouvrage est illustré de 26 planches en noir et en couleurs, par Marbot, Titeux, Courboin, etc.

189. **Cuel.** Historique du 18e Rég. de Dragons, 1744-1894. *Paris, impr. Noizette*. In-4, broché.

Illustrations en noir et en couleurs.

190. **Daniel.** Histoire de la Milice françoise et des changements qui s'y sont faits ....., par le R. P. G. Daniel. *Paris*, 1721. Deux vol. in-4, veau.

Figures hors texte.

191. **Delbauve.** Historique du 26e Rég. d'Infanterie, 1616-1887. *Paris*, 1889. In-8, broché.

Illustrations en noir et en couleurs.

192. **De Mandres.** Histoire du 4e Rég. de Cuirassiers, 1643-1887, par le colonel de Mandres. *Paris*, 1894. Deux vol. in-4, brochés.

Cet Historique fut édité avec luxe. Il est orné de nombreuses planches en couleurs.

193. **De Poli.** Le Régiment de la Couronne, 1643-1791. Annales et documents recueillis par le Vte Oscar de Poli. Illustrations de C. de l'Épinois. *Paris*, 1891. In-8, broché.

Contient un portrait hors texte, et de nombreuses illustrations.

194. **Descaves.** Historique du 13e Rég. de Chasseurs, et des Chasseurs à cheval de la Garde, 1793-1891, par P. Descaves. *Béziers*, 1891. In-4, broché.

Illustré de 29 planches en noir et en couleurs.

195. **Du Fresnel.** Un Régiment à travers l'Histoire. Le 76e, ex-1er Léger, 1671-1893. *Paris*, 1894. Fort vol. in-4, broché.

Contient de nombreuses illustrations en noir et en couleurs, hors texte.

196. **Dupont-Delporte.** Historique du 22e Rég. de Dragons, 1635-1889. *Paris*, 1889. In-8, rel. d'édit.

Bel Historique orné de 6 planches en noir, et 15 en couleurs.

197. **Dupuy.** Historique du 3e Rég. de Hussards, de 1764 à 1887, par R. Dupuy. *Paris*, 1887. In-8, demi-rel.

Orné de 8 planches en noir, et 9 en couleurs.

198. **Dupuy.** Historique du 12e Rég. de Chasseurs, 1788-1891. *Paris*, 1891. In-4, broché.

Contient 6 planches en noir, et 10 en couleurs.

199. **Hache**. Historique du 23e Rég. de Dragons, 1671-1890. *Paris*, 1890. In-4, broché.

Illustré de 15 planches en couleurs.

200. **Histoire** du 1er Régiment de Cuirassiers. *Angers*, 1889. In-8, demi-reliure.

Orné de 10 planches en noir et en couleurs.

201. **Histoire** de l'École spéciale militaire de Saint-Cyr, par un ancien St-Cyrien. *Paris*, 1886. Grand in-8, broché.

Orné de 52 compositions hors texte de Paul Jazet.

202. **Historique**. Les Hussards de Chamborant (2e Hussards), 1735-1897. Avec une introduction par le colonel de Chalendar. *Paris, Didot*, 1897. In-8, broché.

Orné de deux planches en couleurs, et de 24 en noir.

203. **Historiques** des corps de troupe de l'armée française (1569-1900). *Paris*, 1900. Grand in-8, broché.

Illustré de 35 planches hors texte.

204. **Jeannerey**. Glorieux passé d'un régiment... 8e d'Infanterie, 1562-1899. *Calais*, 1899. In-4, broché.

Bel Historique orné de nombreuses illustrations en noir et en couleurs.

205. **La Ferrière**. Lettres de Catherine de Médicis, 1533-1566. *Paris, Impr. Natle*, 1880-85. Deux vol. in-4, brochés.

206. **Lamotte**. Historique du 8e Rég. de Hussards, 1793-1890. *Valence*, 1891. In-4, broché.

Contient 14 planches en noir, et 7 en couleurs.

207. **Lepage** et **Parrot**. Historique du 19e Régiment de Chasseurs, 1792-1892. *Lille, impr. L. Danel*, 1893. Grand in-4, reliure d'édit., tête dorée. Exemplaire de souscription (no 61).

Ouvrage de luxe, contenant de nombreuses illustrations hors texte, en noir et en couleurs.

208. **Lescure**. Correspondance secrète inédite sur Louis XVI, Marie-Antoinette, la Cour et la Ville, de 1777 à 1792. Par M. de Lescure. *Paris*, 1866. Deux volumes, brochés.

209. **Louvat**. Historique du 7e Hussards. *Paris*, 1889. In-8, demi-rel.

Contient 7 planches en noir, et 8 en couleurs, hors texte.

210. **Magon de la Giclais**. Historique du 15e Rég. de Chasseurs à cheval, 1793-1895. *Paris*, 1895. In-8, broché.

Illustrations hors texte, en noir et en couleurs.

211. **Malaguti**. Historique du 87e Rég. d'Infanterie de ligne, ex-12e Léger, 1690-1892. *St-Quentin*, 1892. Grand in-8, broché.

Titre gravé à l'eau-forte. Feuillet blanc enlevé.

212. **Margon.** Historique du 8e Rég. de Chasseurs, 1788-1888. Par le Cte de Margon. *Verdun*, 1889. In 8, demi-rel.

Contient 5 planches en noir et 11 en couleurs, hors texte.

213. **Martin.** La Gendarmerie française en Espagne et en Portugal (Campagnes de 1807 à 1814). *Paris*, 1898. In-8, broché.

Historique orné d'illustrations en noir et en couleurs, hors texte.

214. **Martinet.** Historique du 9e Rég. de Dragons, 1673-1887. *Paris*, 1888. In-4, broché.

Orné de 2 planches en noir et 13 en couleurs.

215. **Martinien.** Tableaux, par corps et par batailles, des Officiers tués et blessés pendant les guerres de l'Empire (1805-1815). *Paris*, *s. d.* In-8, broché.

216. **Maumené.** Histoire du 3e Rég. de Cuirassiers, ci-devant du Commissaire général, 1645-1892. *Paris, Boussod*, 1893. Fort vol. in-4, broché. Exemplaire numéroté (184).

Ouvrage édité avec luxe et orné de planches noires et coloriées.

217. **Molard.** Historique du 63e Rég. d'Infanterie, 1672-1887. *Paris*, 1887. In-8, broché.

Illustrations hors texte en noir et en couleurs.

218. **Ogier d'Ivry.** Historique du 9e Rég. de Hussards et des Guides de la Garde, 1792-1890. *Valence*, 1891. In-4, broché.

Orné de 3 planches en noir et 12 en couleurs.

219. **Ollone.** Historique du 10e Rég. de Dragons, par le lieutenant d'Ollone; illustrations par M. de Castex. *Paris*, 1893. Grand in-8, broché.

Orné de 32 planches en noir et en couleurs.

220. **Painvin.** Historique du 51e d'Infanterie, 1651-1891, par A. Painvin. *Beauvais*, 1891. In-8, broché.

Illustrations en noir et en couleurs, hors texte.

221. **Piéron.** Histoire d'un Régiment. La 32e demi-brigade, 1775-1890. *Paris*, 1898. Grand in-8, broché.

Illustrations d'après Raffet, Vernet, Charlet, etc.

222. **Réthoré**. Historique du 92e d'Infanterie, 1671-1888. *Paris*, 1889. In-8, broché.

Contient 7 planches en noir et 14 en couleurs, d'après Bellangé. Philippoteaux, etc.

223. **Saint-Just**. Historique du 5e Rég. de Dragons, 1668-1891. *Paris*, 1891. Grand in-8, broché.

Contient 12 planches en couleurs.

224. **Simond**. Le 28e de Ligne, par Émile Simond, 1616-1889. *Rouen*, 1889. Grand in-8, broché.

Illustrations hors texte.

225. **SOCIÉTÉ DE L'HISTOIRE DE FRANCE** (Publications de la). Mémoires du Maréchal de Villars..., par le Mis de Vogüé. *Paris*, 1884. Cinq vol. in-8, brochés.

226. *Idem*. Mémoires de Bayart. — Mémoires de Turenne. — Mémoires de Du Plessis-Besançon. — Histoire de l'Inquisition. — Relation de la Cour de France. — Lettres d'Antoine de Bourbon. Ensemble 7 vol. in-8, brochés.

227. *Idem*. Mémoires de Gourville, par L. Lecestre, 2 vol. — Mémoires du chevalier de Quincy, du même, 2 vol. — Lettres de Charles VIII, par P. Pélicier, 2 vol. Ensemble 6 vol. in-8, brochés.

228. *Idem*. Histoire de Guillaume le Maréchal, par Paul Meyer: 2 vol. — Chronique d'Antonio Morosini, par L. Dorez: 3 vol. — Notices et documents publiés par la Société; 1 vol. Ensemble 6 vol. in-8, brochés.

229. *Idem*. Mémoires de Nicolas Goulas, gentilhomme de la chambre du Duc d'Orléans, par Ch. Constant. *Paris*, 1879. Trois vol. in-8, brochés.

230. **Voisin**. Historique du 6e Hussards, 1783-1887, par Ch. Voisin; illustrations de M. de Fonrémis. *Libourne*, 1888. Grand in-8, demi-rel. Exemplaire en grand papier.

Illustrations en noir et en couleurs, hors texte.

231. **GEMMES ET JOYAUX** de la Couronne, publiés et expliqués par H. Barbet de Jouy, dessinés et gravés par Jules Jacquemart, 1865. *Paris, Chalcographie des Musées Impériaux*. In-folio, en feuilles.

Deux parties, contenant 60 eaux-fortes avec leur feuillet de texte explicatif.

231 *bis*. Sous ce Numéro seront vendus par lots les livres non catalogués.

EUROPE

(GÉNÉRALITÉS)

232. **ARTARIA**. Tableau des troupes bavaroises. — Armée anglaise en campagne. — Tableau de la marine anglaise. — Le Grand Seigneur à la Revue. — Troupes turques en campagne. — Passage des Autrichiens sur le pont de la Drau. — Mort de Poniatowski. — Bataille de Leipzig. In-folio.

Huit belles planches, dont 7 en couleurs.

233. **Basset**. Réunion d'Alliés. — Les Alliés à la Rotonde du Palais-Royal. — Soldat anglais achetant des cerises. — Rencontre d'Anglais à la promenade. — Officier de la Garde Royale. Réunion de 5 planches in-folio coloriées, publiées chez Basset.

234. **Burger, etc**. Europa in Waffen. Vierzehn blatter nebst titelbild in feinstem farbendruck und handcolorit. *Stuttgart* (1873). In-4 obl., cartonnage illustré.

14 planches en chromolithographie, avec texte explicatif.

235. **Coiffures**. Casques et schakos, armées d'Europe, seconde moitié du XIXe siècle. Réunion de 22 aquarelles d'après des pièces originales. On y joint 2 autres aquarelles : Guidon de Languedoc-Dragons.

236. **Divers**. Costumes des différentes Nations. Formats variés.

Lot de 45 planches noires ou coloriées.

237. **Finart**. Troupes de divers pays (par différents graveurs). *A Paris, chez Basset*. In-folio, en feuilles.

9 planches coloriées : Officier d'Infanterie Belge. — Officier d'Infanterie Anglaise. — Officier de la Cavalerie Autrichienne. — Lieutenant-général Bavarois. — Courriers Anglais, Allemand, Polonais, Russe. — Officiers Russes (par Gatine).

238. **FINART**. Les Alliés à Paris. Scènes de mœurs. Finart del. *A Paris, chez Basset*. In-folio, en feuilles.

Nous devons donner ici la liste des planches que nous possédons, la description en ayant été fort incomplète jusqu'ici : La nouvelle mode ou l'Écossais à Paris. — L'Amateur anglais à Paris. — L'Autrichien sentimental. — L'aimable Prussien. — Le Russe en bonne fortune. — L'Allemande à deux, ou le Hongrois à Paris. — Le galant Hanovrien. — Chasseur de Lord Wellington faisant ses adieux à une modeste (*sic*). — Dragon Anglais donnant un gage de sa fidélité en quittant Paris. — La jolie Parisienne dans l'embarras du choix. Soit en tout une réunion fort curieuse de 10 planches coloriées, plus une en double.

239. **Genty**. Tableaux comparatifs des principaux corps militaires européens en 1815. *A Paris, chez Genty*. In-fol. obl., en feuilles.

Suite complète et intéressante de 3 planches coloriées.

240. **Genty**. Cosaque de la Garde Imp^le^ Russe. — Hussard de la Garde Royale Prussienne. — Garde Nationale à cheval de Paris. — Garde Noble Hongroise de l'Empereur d'Allemagne. — Garde du Corps Anglais. In-folio, en feuilles.

Suite complète de 5 planches bien coloriées et rares.

241. **Klein et Erhard**. Réunion de 31 eaux-fortes et 9 dessins et calques, pour la plupart de I.-A. Klein, représentant des scènes et costumes militaires Bavarois, Français, Russes, Autrichiens. In-4, en feuilles. Tirages originaux.

242. **KLEIST**. Tableaux des Armées d'Europe, 1834-1842, par Opitz. *Dresde, Kleist*. Grand in-folio, en feuilles.

Cette Collection ne se rencontre jamais réunie. Nous possédons 14 planches, toutes coloriées et à belles marges, sauf une rognée. Nous en donnons la nomenclature :

Tableau général de l'Armée britannique. 1re section ; de l'Armée autrichienne. 1re et 2e sections ; de l'Armée Royale de Bavière ; de l'Armée Royale de Danemark ; de l'Armée française, 1re section, la Cavalerie : de l'Armée de Hanovre ; des Armées de L. L. A. S. le Grand-Duc et l'Électeur de Hesse ; de l'Armée Impériale de toutes les Russies, 1re et 2e sections ; de l'Armée Saxonne, 1re et 2e sections ; de l'Armée Suédoise ; de l'Armée Royale de Wurtemberg.

Quelques filigranes sont un peu postérieurs à l'impression.

243. **Knotel**. Das Militarbilderbuch di Armeen Europas, in bildern von Richard Knotel. *Glogau*, 1888. Petit in-4, cartonnage illustré.

36 planches en couleurs et vignettes dans le texte.

244. **Knotel**. Renseignements sur les uniformes. Feuilles détachées pour servir à l'histoire du développement des costumes militaires. In-8, en feuilles.

Nous avons de cette collection environ 560 planches coloriées, représentant à peu près neuf années. Défets de texte ajoutés. Les planches sont classées par pays.

245. **Koller**. Uniformzeichnung der vorzuglichsten Europaïschen Truppen. Gesammlet und herausgegeben von Fried. Lud. von Koller. *Kiel, Mohr*, 1802. Grand in-8, cartonné.

Suite de 10 planches gravées et coloriées donnant les principaux costumes des nations de l'Europe à cette époque. Numérotation mal suivie.

Ouvrage rare.

246. **Martinet**. Troupes Étrangères (1er Empire). *A Paris, chez Martinet*. In-8, en feuilles.

Collection complète et fort intéressante de 55 pièces coloriées avec soin.

247. **Martinet**. Doubles de la série précédente.

Sept pièces coloriées.

248. **Martinet**. Armée des Souverains alliés; année 1814-1815. *A Paris, chez Martinet*. In-folio en travers, en feuilles.

Suite complète de 14 gravures coloriées, par Godefroid. On a joint à cette intéressante série une planche qui forme frontispice : Les Souverains alliés à Paris, année 1815, du même auteur.

249. **Photographies**. Types militaires de divers pays d'Europe. Lot d'environ 180 photographies réunies en trois emboîtages.

250. **Scènes de genre**. Musicien Écossais et sa famille. — Anglais et Écossais. — Troupes alliées. — Musique prussienne. — Lord Wellington entouré de son État-Major. — Bivouac prussien au Luxembourg. — Bivouac russe. Etc.

Réunion de 11 pièces coloriées, publiées chez Martinet, Chereau, Genty, etc.

251. **SEELE, VOLZ**, etc. Représentation caractéristique des principaux militaires européens, publiée par la librairie d'art... d'Augsbourg (1802-1809). In-4, en feuilles.

Cette superbe série, la plus belle faite en Allemagne pendant le premier Empire, ne se rencontre presque jamais complète. Notre collection est fort avancée. En voici la composition : 1re livraison. Autriche, titre et 5 pl., *complet*. — 2e. Prusse, titre et 5 pl., *complet*. — 3e. France, titre, frontispice et 5 pl., *complet*. — 4e. Russie, titre et 5 pl. *complet*. — 5e. Angleterre, titre et 5 pl., *complet*. — 6e. Turquie, titre et 5 pl., *complet*. — 7e. Electorat de Bavière, titre et 5 pl., *complet*. — 8e. Électorat de Saxe, titre et 5 pl., *complet*. — 9e. Suède, 5 pl., *complet*. — 10e. Wurtemberg, frontispice et 5 pl., *complet*. — 11e. France, 5 pl., *complet*. — 12e. Danemark, manque. — 13e. Bade, 5 pl., *complet*. — 14e. Royaume de Bavière, 5 pl., *complet*. — 15e. Saxe, manque. — 16e. Espagne, 5 pl., *complet*. — 17e. Hollande, manque. — 18e. Troupes alliées de la France, 2 pl.

Nous avons donc au total 72 planches, en parfait état, sauf six, et à grandes marges.

252. **Seele, Volz**, etc. Dix planches doubles de la même série, dont 6 Français et 4 Bavarois. Belles épreuves.

253. **Seele et Volz**. Aquarelles faites en agrandissement des planches de la série précédente : France, Russie, Prusse, Danemark, Espagne.

Réunion de 7 aquarelles exécutées en Allemagne peu après la publication de l'ouvrage.

---

254. **Richter**. Kaiserl. Mexicanisches corps... Gem. v. W. Richter. Lith. v. Aug. Gerasch. *Wien* (1866). In-folio, en feuilles.

Réunion de 4 lithographies coloriées, avec couverture. Suite probablement interrompue.

ALLEMAGNE

255. **Allemagne du Nord.** Norddeutsche Bundes-Armee. *Berlin, Spielwaaren-Magazin von Carl Schmidt* (1869). Quatorze volumes in-12, cartonnage d'édition.

Chaque volume, orné de lithographies coloriées, montées en accordéon, représente les divers régiments d'un corps d'armée de la Confédération du Nord.

256. **Divers.** Planches in-8 coloriées, tirées de « *Soldaten Freund* » et autres publications semblables. Fort lot.

257. **Divers.** Troupes de Wurtemberg, Saxe, etc. Planches de différentes suites. 24 pièces noires ou coloriées.

258. **Divers.** Gravures tirées de différentes suites. Dessins. Lot de 25 pièces en noir ou coloriées.

259. **Eckert et Monten.** Les Armées d'Europe représentées en groupes caractéristiques... : Anhalt-Bernbourg, 2. — Dessau, 2. — Kothen, 3. — Altenbourg, 3. — Saxe-Cobourg-Gotha, 4. — Meiningen, 4. — Weimar, 4. — Schwarzzbourg, 4. *Wurzbourg, chez Ch. Weiss* (vers 1835). In-folio, en feuilles.

Réunion de 26 planches coloriées des petits États d'Allemagne.

260. **Eckert et Monten.** Les Armées d'Europe représentées en groupes caractéristiques... PRINCIPAUTÉS. *Wurzbourg, chez Ch. Weiss* (vers 1835). In-folio, en feuilles.

Réunion de 16 planches coloriées, ainsi composée : Hohenzollern-Hechingen, 2. — Hohenzollern-Sigmaringen, 2. — Lippe-Detmold, 4. — Schaumburg-Lippe, 2. — Reuss, 4. — Waldeck, 2.

261. **Eckert et Monten.** Les Armées d'Europe représentées en groupes caractéristiques... VILLES LIBRES. *Wurzbourg, chez Ch. Weiss* (vers 1835). In-folio, en feuilles.

Francfort, 6 planches. — Hambourg, Brême, Lubeck, 11 pl. — Soit une réunion de 17 feuilles coloriées.

262. **Gaedechens.** Das Hamburgische Militar bis zum Jahre 1811, un die Hanseatische Legion. *Hamburg*, 1889. In-8, broché.

Historique contenant 8 planches coloriées, à plusieurs personnages.

263. **Genty.** Costumes militaires. Infanterie allemande (1er Empire). *A Paris, chez Genty*. In-8 en feuilles.

Collection de 34 planches coloriées, au lieu de 45 décrites au « Catalogue ». Nous y ajoutons : 1° Un tambour d'Infanterie Autrichienne, non cité. — 2° Quatre doubles, différents dans les inscriptions. — 3° Six doubles ordinaires. Quelques feuilles en noir. Ensemble 45 pièces.

264. **Imagerie.** Uniformen der Deutschen Armee. *Neu Ruppin, bei Gustav Kuhn*, 1880. In-folio, cartonné.

Collection de 10 tableaux à 24 personnages, coloriés.

265. **Knotel.** In des Konigs Rock... Bilder von Richard Knotel, text von Fedor von Koppen. *Leipzig* (1890). Petit in-4. Cartonnage illustré.

Texte en 48 pages avec illustrations et 12 planches en couleurs, hors texte.

266. **Krickel.** Das Deutsche Reichsheer. Von G. Krickel und G. Lange. *Berlin*, 1888. In-4. Texte illustré, broché, et suite complète des 45 chromolithographies relevées d'or et d'argent, en feuilles.

267. **Photographies** en noir et en couleurs. Groupes. Lot de 20 pièces.

268. **Poten.** Unser Volk in Waffen. Das Deutsche heer in Wort und Bild. Von B. Poten. Illustriert von Speyer. *Berlin, s. d.* In-folio, en feuilles.

Illustrations hors texte.

269. **Rugendas.** Costumes militaires équestres. *Klauber excud.* In-4, en feuilles.

Suite complète de 8 pièces à la manière noire. On y a joint 4 pl. de combats de cavalerie, du même artiste. Ensemble 12 pièces.

270. **Ruhl.** Die Uniformen der Deutschen Armee (et Marine). *Leipzig, Ruhl*, 1875-92. In-8 en livraisons.

Lot de 32 livraisons contenant de nombreuses planches en couleurs.

271. **Schema.** Das Deutsche Reichsheer graphisch dargestellt und Armee-Corpweise geordnet. *Karlsruhe*, 1879. In-4 en feuilles, dans le cartonnage d'édition.

Un cahier de texte et 20 schema en chromolithographie.

272. **Schindler.** Die Cavallerie Deutschland's. Von C. F. Schindler. *Berlin*, 1882. In-folio, en feuilles.

Suite complète de 24 lithographies coloriées, sur teinte, avec la couverture imprimée.

273. **SCHINDLER.** Deutsche zu Pferd. 1884-1887. C. F. Schindler. In-4 oblong, en feuilles.

Collection de 60 superbes aquarelles en largeur, à plusieurs personnages à pied ou à cheval. Chaque pièce porte au dos le nom du corps représenté. Très belle série.

BADE

274. **Eckert et Monten.** Les Armées d'Europe représentées en groupes caractéristiques... BADE. *Wurzbourg, chez Ch. Weiss* (vers 1835). In-folio, en feuilles.

Suite de 21 planches coloriées, plus deux avec différences.

275. **Schreiber.** Der Badische Wehrstand seit dem siebenzehnten Jahrhundert... von G. Schreiber. *Carlsruhe*, 1849. In-8, cartonné.

Ouvrage orné de bois dans le texte et de 8 pl. hors texte, coloriées.

276. **Vollinger.** Grossherzoglich Badisches Militair, nach der natur und auf stein gezeichnet von Joseph Vollinger. *Carlsruhe, J. Velten*, 1824. In-folio, en feuilles.

Intéressante série complète, comprenant : Titre, table et 30 lithographies coloriées, montées sur papier teinté fort.

BAVIÈRE

277. **Anonyme.** Abbildung des Churpfalzbaierischen Militairs nach voriger und gegenwœrtiger Uniform in illuminirten kupfern. Als ein beytrag zur vaterlændischen geschichte. Herausgegeben im Jahr 1787. Petit in-4 oblong, cartonné.

Suite complète de 41 numéros, conformes à la table, sur 37 planches gravées et coloriées. Une feuille plus courte. Rare.

278. **Anonyme.** Uniformirung und Organisation des Burger-Militars in dem Konigreiche Baiern, 1807. *Munchen, gedrucht mit Zangl'schen Schriften.* In-4, cartonné.

Ouvrage rare, sans nom d'auteur. Il comprend : 31 pages de texte et 13 gravures coloriées ; puis une seconde partie : Musique et 9 pl. de costumes militaires ou de cour. Ensemble 22 planches.

279. **Bach.** Armée Bavaroise, vers 1840. *Lith. G. Bach à Leipzig.* In-folio, en feuilles.

Suite de 9 lithographies coloriées, avec titres en français. On y joint 4 pl. in-fol. oblong à plusieurs personnages, publiées chez Beck à Munich. Ensemble 13 pièces.

280. **Behringer.** Die Bayerische Armee unter Konig Maximilian II. Entworten und auf stein gezeichnet von Ludwig Behringer. *Munchen, May & Widmayer*, 1854. In-folio, en feuilles, dans la couverture de publication.

Cette série comprend 19 lithographies coloriées, en largeur, numérotées.

281. **Behringer**. Die Uniformen der Bayerischen Armee von 1682 bis 1848; von F. Munich und L. Behringer. *Munchen* (1848). In-8, cartonné.

Suite de 72 lithographies coloriées (sauf la première) sur teinte, à plusieurs personnages.

282. **Diez**. Die Bayerische Armee. Dessinée par W. Diez. *S. l. n. d.* (1864). In-12, en feuilles, dans un emboîtage spécial.

Suite de 30 planches coloriées, en lithographie. Montées sur toile.

283. **Divers**. Gravures tirées de diverses suites. Lot de 30 pièces en noir ou coloriées.

284. **Eberlein**. Koniglich Bayerische Landwehr. — K. Bayer-Militair. Cavalerie et Infanterie. Par Eberlein, d'après Fleischmann et Monten. Grand in-folio.

Très belles planches, la première coloriée.

285. **Eckert et Monten**. Les Armées d'Europe représentées en groupes caractéristiques... Bavière. *Wurzbourg, chez Ch. Weiss* (vers 1835). In-folio, en feuilles.

Collection de 2 schéma en double état, 37 planches coloriées et 6 doubles différentes, soit 47 planches.

286. **Eckert et Weiss**. Darstellung der Landwehr des Konigreichs Bayern. Herausgegeben und verlegt von H. A. Eckert & Christian Weiss in Munchen und Wurzburg (vers 1835). In-folio, en feuilles, dans la couverture de publication.

Suite de 16 lithographies coloriées.

287. **Geissler**. Geschichte des K. Bayer 16 Infanterie regiments, 1813-1888. *Passau*, 1889. In-8, demi-reliure.

Historique orné de 2 portraits, 3 planches en couleurs et 6 plans.

288. **Gerneth**. Geschichte des K. Bayerischen 5 Infanterie Regiments, 1722-1833. *Berlin*, 1883-93. Deux vol. reliés en trois, in-8, rel. d'édit.

289. **Herzberg**. Karacteristische Abbildungen des neu organisirten Burger-Militairs in sammtlichen Koniglich Baierischen Staaten. *Augsburg, Herzberg* (1807). Grand in-8 en feuilles.

Titre, texte et 7 planches gravées et coloriées. Jolie suite, conforme à celle de Darmstadt.

290. **Herzberg**. Armée Bavaroise, par Volz. *Augsburg bei Herzberg*. In-4 en feuilles.

Réunion de 11 planches gravées et soigneusement coloriées.

291. **Hoffmann**. Das K. Bayer. 4 Infanterie Regiment, 1706 bis 1806. Von Hoffmann. *Berlin*, 1881. In-8, demi-reliure.

Historique orné de 3 lithographies coloriées.

292. **Kowusthul**. Das Munchner Burger militair in allen Waffengattungen und Uniformen, von 1790, etc., von Kowusthul. *Munchen*, 1834. In-4, en feuilles.

Collection de 20 lithographies coloriées plus une double différente. Il n'y a pas de titre.

293. **Kraus**. Kœniglich Bayerisches Linien und Burger Militair, nach der neuesten Ordonnanz vom 1825. Gezeichnet von G. Kraus. *Munchen*, *Hochwind*, 1832. In-8, broché, couverture.

Suite de 9 planches en largeur, coloriées, à plusieurs personnages.

294. **Monten**. Die Bayerische Armee, nach der Ordonnanz von Jahre 1825. Gezeichnet von D. Monten, lythographirt von Trœndlin. *Munchen*, *J. M. Herrmann*. In-folio, en feuilles.

Suite de 30 lithographies divisées en deux parties : Six portraits équestres en noir et 24 pl. de costumes coloriés. On y joint deux couvertures imprimées.

295. **Monten**. Die neue Uniformirung, Rustung, und Bewaffnung der K. Baierische Armee. Mit acht colorirten kupfer, gezeichnet von Monten, gestochen von Eberhardt (vers 1825). Petit in-12, en feuilles.

Texte broché et suite complète de 8 petites gravures coloriées.

296. **Monten**. Koniglich Baierisches Militair. Composirt und gezeichnet von D. Monten. *Munich*, *Zeller*. In-folio obl., en feuilles.

Suite de 5 lithographies coloriées, donnant les costumes de l'Infanterie, la Cavalerie, l'Artillerie et la Burger-Garde.

297. **Nagel**. Skizzen fur Reiterei... von Lud. v. Nagel. *Landshut* (1862). In-folio obl., en feuilles. Cartonnage original.

Suite complète de 32 lithographies montrant l'école du cavalier.

298. **Pfeiffer**. Uniformen der Koniglich Bayerischen Armee, nach der neuesten Ordonnanz vom Jahre 1825. Gezeich. und lithogr. von B. Pfeiffer. *Augsburg*, *F. Ebner*, 1838. In-8 carré, cartonnage original.

Petite suite de 12 lithographies coloriées, numérotées, avec la couverture formant titre.

299. **Pfeiffer**. Uniformen der Bayerischen Truppen von 1770 bis 1850. VII handzeichnungen. Petit in-folio, en feuilles.

Très jolie collection qui se compose de 7 schema agrémentés de deux petites figures; le tout finement exécuté à l'aquarelle et portant au bas : Gezeichnet von J.-B. Pfeiffer.

300. **Règlements**. Churbaierische Infanterie Instruction und Dienst Reglements. *Munchen*, 1774. Cinq vol. in-12, veau.

301. **Swebach**. Artillerie bavaroise, capitaine. — *Idem*, canonnier. — Infanterie légère bavaroise, lieutenant. — *Idem*, soldat. — Officier général. In-8, en feuilles.

Réunion de 5 dessins originaux de Swebach, avec rehauts d'aquarelle. Nous ne croyons pas que ces dessins aient été gravés.

BRUNSWICK, FRANCONIE, WESTPHALIE

302. **Eckert et Monten**. Les Armées d'Europe représentées en groupes caractéristiques. Brunswick. *Wurzbourg, chez Ch. Weiss* (vers 1835). In-folio, en feuilles.

Suite de 14 planches coloriées et 2 doubles différentes, soit 16 au total.

303. **Raspe**. Nachricht von den Frankischen Craistrouppen. *Nurnberg, bey G. N. Raspe*, 1782. In-12, cartonné.

Ce livre rare, concernant la Franconie, contient 102 pages de texte et 12 planches gravées et coloriées, à un personnage, avec le nom du chef de corps au bas.

304. **Anonyme**. Armée du Royaume de Westphalie, sous le roi Jérôme. *S. l. n. d.* In-12, en feuilles.

Cette série, intéressante par l'époque qu'elle représente, contient 15 planches gravées et coloriées, à un personnage. Titres en français.

On y a joint 6 dessins sur la même armée, par Carl, de Strasbourg.

HANOVRE

305. **Anonyme**. Abbildung der Chur-Hannoverschen Armee Uniformen. *Hannover und Leipzig*, 1791. In-12, demi-reliure.

Ce petit volume contient 72 pages de texte et 34 gravures coloriées, à une ou deux figures, dont la pose varie par arme.

306. **Eckert et Monten**. Les Armées d'Europe représentées en groupes caractéristiques. Hanovre. *Wurzbourg, chez Ch. Weiss* (vers 1835). In-folio, en feuilles.

Suite de 21 planches lithographiées et coloriées, plus 7 doubles différentes. Ensemble 28 planches.

307. **Exercice** fur die Infanterie. *Hannover*, 1784. In-8, veau.

Contient des planches d'ensemble, se dépliant.

308. **Meichelt**. Einige nachrichten uber alt und neu Hannoversche Truppen, nebst 16 colorirten Abbildungen. *Hannover*, 1887. In-8 cartonné. Planches en couleurs.

309. **Osterwald**. Abbildungen des Koniglich Hannoverschen Militairs in characteristischen Gruppen dargestellt. Von G. Osterwald. *Hannover* (1840). Grand in-4, cartonné.

Suite de 1 titre et 24 lithographies coloriées et remontées.

HESSE

310. **Beck**. Geschichte des Feld-Artillerie Reg. n° 25, 1460-1883. *Berlin*, 1884. In-8 broché.

Historique contenant 2 planches en couleurs.

311. **Beck**. Geschichte der Grosherzoglich Hessischen Fahnen und Standarten. *Berlin*, 1895. Grand in-8, broché.

Historique orné de 17 planches en couleurs, de drapeaux.

312. **CARL et MULLER**. Hochfurst. Hessisches Corps (XVIIIe siècle). I. H. Carl del., I. C. Muller sculp. *S. l. n. d.* In-fol. oblong. Demi-reliure.

Suite de 37 gravures coloriées rehaussées d'or et d'argent.

Cet ouvrage, que nous n'avons jamais rencontré, parait ici complet. Il est conforme à une table manuscrite ancienne qui est à la fin du volume. De plus il est semblable à l'exemplaire de la Bibliothèque de Darmstadt, qui n'a pas la pl. 28. Au reste, cette feuille tranche avec les autres par son exécution. Parfaite condition.

313. **Eckert et Monten**. Les Armées d'Europe représentées en groupes caractéristiques. HESSE. *Wurzbourg, chez Ch. Weiss* (vers 1835). In-folio, en feuilles.

Collection de 27 planches coloriées qui se compose ainsi : *Hesse-Darmstadt*, 16 pièces et 8 doubles différentes ; *Hesse-Hombourg* : 3 pièces.

314. **Eckert et Monten**. Les Armées d'Europe représentées en groupes caractéristiques. HESSE-CASSEL. *Wurzbourg, chez Ch. Weiss* (vers 1835). In-folio, en feuilles.

Suite de 20 planches coloriées.

315. **Vollinger**. Grossherzoglich Hessische Militair, nach der natur aufgenommen von doctor F. H. Muller... und auf stein gezeichnet von I. Vollinger. *Carlsruhe, Velten* (1824 ?). In-folio en feuilles.

Suite complète de 30 lithographies coloriées, avec titre, dédicace et table. Belle collection, relative au duché de Hesse-Darmstadt.

HOLSTEIN ET OLDENBOURG, MECKLEMBOURG NASSAU

316. **Eckert et Monten.** Les Armées d'Europe représentées en groupes caractéristiques. Holstein et Oldenbourg. *Wurzbourg, chez Ch. Weiss* (vers 1835). In-folio, en feuilles.

Collection de 21 planches coloriées : Holstein 13, Oldenbourg 8.

317. **Schweppe.** Geschichte des Oldenburgische Dragoner Reg. nº 19. *Berlin*, 1878. In-8 cartonné.

Historique orné de 5 planches coloriées.

318. **Eckert et Monten.** Les Armées d'Europe représentées en groupes caractéristiques. Mecklembourg. *Wurzbourg, chez Ch. Weiss* (vers 1835). In-folio, en feuilles.

Série de 22 planches coloriées, comprenant Mecklembourg-Schwerin 18, Mecklembourg-Strelitz 2, et deux autres différentes.

319. **Sachse.** Grossherzoglich Mecklenburg-Schwerin und Mecklenburg-Strelitz Truppen. 1831. *Berlin, Lith. Inst. v. Sachse* (1835). In-folio, en feuilles, tranches dorées.

Suite de 1 titre et 24 planches coloriées et numérotées, en parfaite condition.

320. **Wrochem.** Geschichte des Grossherzog. Meclemburg. Fusilier Reg. nº 90, 1788-1888. *Berlin*, 1888. In-8, broché.

Historique contenant 2 planches coloriées, de costumes.

321. **Eckert et Monten.** Les Armées d'Europe représentées en groupes caractéristiques. Nassau. *Wurzbourg, chez Ch. Weiss* (vers 1835). In-folio, en feuilles.

Collection de 11 planches coloriées.

PRUSSE

322. **Anonyme.** Neue Uniformen in der Preussische Armee. 1844-45. In-12 en feuilles.

Petite suite de 20 lithographies coloriées, les seules parues.

323. **Aquarelles.** Abbildung einiger Regimenter die ihre 1740 bekommene Montur seitdem verandert haben. — Im siebenjahrigen Kriege, errechtete und nach demselben reducirte frey Regimenter und Bataillons (titre manuscrit). In-8 carré, veau.

Collection de 41 aquarelles, intéressantes et bien détaillées comme costumes. Elles donnent les uniformes de 1740 à 1763.

324. **AQUARELLES**. Stamm und Uniform aller Konigl. Preuss Regimenter und Corps der Armee, MDCCLXXXXVIII. Au bas de ce titre gouaché, on lit la signature *I. C. Rollmann fe., 1798*. In-4, cartonné.

Précieux recueil contenant 134 planches à l'aquarelle mélangée de gouache, relevée d'or et d'argent. Chaque planche porte au bas une notice sur l'origine, les chefs, la force et la garnison du corps. Document du plus haut intérêt.

325. **Aquarelles**. Trophées militaires, composés d'objets d'équipement. In-8 oblong, en feuilles.

Suite de 8 aquarelles par Ch. Moolenaer signées et datées 1853.

326. **AQUARELLES ORIGINALES DE WERNER**. Trompettes des Régiments de Hussards, 1740-1792. Aquarelles signées et datées. H. 0,220 — L. 0,170.

Série de 9 superbes aquarelles. Chaque trompette est représenté en pied, poses variées. Cette admirable suite est complètement restée inédite. Collection fort documentaire. Ces aquarelles sont de véritables tableaux.

327. **ARMÉE PRUSSIENNE, 1730-1815**. Collection de 59 planches in-4° en feuilles, ainsi composée : 1 aquarelle, Rég^t d'Infanterie, 1730. — 6 aquarelles, habits et galons divers, 1756-1792. — 17 aquarelles et gravures coloriées. Uniformes des régiments d'infanterie, 1807-1813 (les gravures sont signées : Wolf et Jugel). — 29 aquarelles et gravures coloriées (mêmes auteurs). Uniformes de divers corps de volontaires, 1807-1815. — 6 aquarelles ou gravures coloriées. Uniformes de divers corps de chasseurs.

Collection fort intéressante (vente Kleist).

328. **Artaria**. Tableau général de l'armée prussienne (vers 1810). *A Vienne, chez Artaria*. Grand in-folio.

Belle pièce, non coloriée.

329. **Cuirassiers, 1729-1807**. Collection de 24 aquarelles in-4 donnant les collets, galons et chemisettes des régiments de cuirassiers. — Quatre aquarelles donnant les collets et chapeaux des trompettes des cuirassiers en 1792. Ensemble 28 pièces.

330. **DESSINS**. Accurate Vorstellung der Kœniglich Preussischen Armee. Worinnen zur eigentlichen Kentniss der Uniform von jeden Regimente... In-folio oblong, cartonné.

Beau recueil comprenant un titre orné et 47 feuillets donnant en 138 figures à l'aquarelle les costumes de l'Armée Prussienne en 1770.

331. **Dessins**. Pallasch Taschen der Curassier Regimenter von 1740 bis 1807. In-folio, cartonné.

Recueil ancien de 14 aquarelles remontées, avec titres en allemand.

332. **Dessins**. Abbildungen der Grenadier Mutzen die von den unter Friedrich III, bei den Fuselier regimenten bestandenen Grenadier Compagnien, im Jahre 1786. In-folio, cartonné.

Recueil de 31 aquarelles remontées, avec texte allemand. Coiffures.

333. **Dessins**. Abbildungen der Grenadier Mutzen unter Friedrich II, im Jahre 1786, gehvagen wurden. In-folio. Cartonné.

Recueil faisant suite au précédent et contenant 18 aquarelles remontées. Texte allemand. Coiffures.

334. **Dessins**. Abbildungen der Fuselier Mutzen unter Friedrich II, 1786. In-folio, cartonné.

Recueil de 21 aquarelles remontées. Texte allemand. Coiffures.

335. **Dessins**. Schabracken der Curassier Regimenter unter Friedrich II, 1786. In-folio. Cartonné.

Recueil de 12 aquarelles remontées. Texte allemand.

336. **Divers**. La Garde nationale à Berlin. Par Jugel, d'après Dahling. — Entrée de Frédéric-Guillaume III à Berlin, 1809. Etc. Grand in-folio.

Trois belles planches, dont deux sont coloriées.

337. **Divers**. Frédéric II et le Rég. de Dragons Anspach, après la bataille de Hohenfriedberg, 1745. — La Garde R[le] Prussienne : Infanterie et Cavalerie. Grand in-folio en largeur.

Trois belles lithographies coloriées, publiées vers 1860.

338. **Divers**. Preussisches Militair (Herzberg). — Costumes, par Sallieth, 1787. — Mort de Schwerin, 1757. Etc. Formats divers.

Lot de 20 pièces en noir ou en couleurs.

339. **Divers**. Planches tirées de différentes suites, en lithographie. — Schéma. — Dessins et aquarelles.

Lot de 43 pièces noires ou coloriées.

340. **Drapeaux**. Alte und neue Denkwurdigkeiten der Koniglich Preussischen Armee. *Berlin*, 1787. In-12, cartonné.

Contient 2 planches finement coloriées de fanions.

341. **Eckert et Monten**. Les Armées d'Europe représentées en groupes caractéristiques. Prusse. *Wurzbourg, chez Ch. Weiss* (vers 1835). In-folio, en feuilles.

Suite comprenant les lithographies coloriées suivantes : 9 schéma, 41 planches et 47 doubles de coloris différent. Soit en tout 97 planches.

342. **Eickstedt**. Reglements und Instructionen fur die Churfurst. Brandenburgischen Truppen..... von Eickstedt. *Berlin*, 1837. In-4, cartonné.

Contient un frontispice colorié et 26 planches de maniement d'armes.

343. **Étendards.** Geschichte der Koniglich Preussischen Fahnen und Standarten seit dem Jahre 1807. *Berlin*, 1889-95. Deux volumes et 2 suppléments, soit 4 vol. in-4 brochés.

Ces volumes contiennent 26 belles planches en couleurs d'étendards.

344. **Finart.** Uniformes des Armées alliées (1814). 3e livraison : Troupes prussiennes. In-8 carré. En feuilles.

Livraison complète, en 12 pièces coloriées. Marges égales.

345. **GARDE.** Die Uniformen der Preussischen Garden. von ihrem Entstehen bis auf die neueste zeit..... ihrer verschiedenen formationen, 1704-1836. *Berlin, G. Groppins*, 1840. Petit in-4. Cartonnage original.

Cette publication sur l'histoire de la Garde prussienne contient 106 planches lithographiées et coloriées, avec texte.

346. **Genty** (2e suite). Costumes militaires. Infanterie Prussienne (1815). *A Paris, chez Genty*. Petit in-4 en feuilles.

Sur 36 planches décrites, nous en avons 34, plus le frontispice (14 et 17e manquent). Elles sont coloriées. En plus nous avons 6 doubles. Soit 41 pièces.

347. **GIERSBERG.** Die Koniglich Preussische Armee. 1792. Nach einem auf Befehl des damaligen Oberkriegs-Collegiums angefertigten Buche bearbeitet von Giersberg. *Berlin*, 1886. In-4 en feuilles en 5 cartons, et un vol. de texte manuscrit, relié.

Très importante collection comprenant *756 aquarelles*. Celles dont les types sont les mêmes sont sur trait gravé. Cet ouvrage ne fut cependant exécuté que sur commande, vu son prix très élevé. Les planches représentent les uniformes de tous les régiments de toutes armes, avec les grades.

L'original de cet ouvrage colossal se trouve à Berlin, aux Archives du Ministère de la Guerre.

348. **GIERSBERG.** Fahnen-Buch nach autentischen Quellen bearbeitet von Giersberg. *Berlin*, 1888. In-folio, en feuilles, dans 2 cartonnages spéciaux.

Collection de *134 superbes aquarelles* sur papier fort. Elles représentent, sur une grande échelle, les drapeaux des régiments d'Infanterie Prussienne en 1774. L'original de cette série se trouve à Berlin, aux Archives du Ministère de la Guerre.

349. **GIERSBERG.** Fahnen der Koniglich Preussischen Armee, 1774. Stehende Grenadier Bataillone no 1-7. *Berlin*, 1889. In-folio, en feuilles.

Belle série, faisant suite à la précédente. Elle contient 21 aquarelles, exécutées avec le plus grand soin, qui représentent les Drapeaux des Bataillons de Grenadiers en 1774. L'original se trouve à Berlin, aux Archives de la Guerre.

350. **GIERSBERG.** Die Specification nach den bleisliftcopien des professors L. Burger. Ausgefuhrt und bearbeitet nach den in der Sammlung im Koniglichen Zeughause zu Berlin vorhandenen

Originalen, 1729. Von M. Giersberg. Aquarelles. In-folio, en feuilles.

Cette superbe série de détails d'uniformes, drapeaux et étendards comprend l'Infanterie complète en 114 planches, les Cuirassiers en 11 pl. et les Dragons au complet en 30 pl., soit un ensemble de 155 aquarelles. Il y a de plus un supplément en 17 feuilles comprenant les drapeaux du temps de Frédéric Ier et Frédéric-Guillaume Ier.

En l'année 1729, sur l'ordre de S. M. le Roi Frédéric-Guillaume Ier, il fut exécuté à l'usage du prince d'Anhalt-Dessau un ouvrage sur les uniformes et drapeaux prussiens qui fut appelé Spécification. La Bibliothèque de l'Arsenal Royal de Berlin en possède une copie *au crayon* par le Prof. Lud. Burger.

Dans le présent ouvrage on s'est proposé d'exécuter *en couleurs* les esquisses de Burger en les complétant et en comblant les lacunes qui pouvaient y exister, autant que cela était possible, en utilisant les documents existant à l'Arsenal Royal de Berlin. (Traduction du début de l'Avertissement.)

Il ne manque à l'ouvrage, pour être complet, que 12 étendards de compagnies et 12 étendards de corps.

351. **Gumtau**. Die Jager und Schutzen des Preussischen Heeres... von C. F. Gumtau. *Berlin*, Mittler, 1834-38. Trois vol. in-8. Cartonnage spécial.

Chaque volume est orné d'une planche de costume en couleurs.

352. **Hammer**. Das Koniglich Preussische Heer in seiner gegenwartigen Uniformirung, nach den neuesten bestimmungen und proben, von F. W. Hammer. *Berlin* (1869). In-folio oblong, en feuilles.

Suite comprenant : Couverture, titre, table et 30 lithographies coloriées sur teinte. Gez. v. A. von Werner. Druck v. Gebr. Delius.

353. **HORVARTH**. Preussische civil Uniformen. Potsdam, 1787. — 2e suite. Potsdam, 1788. — Uniformes de l'Armée prussienne sous le règne de Frédéric-Guillaume II, Roi de Prusse, contenant 136 figures bien enluminées. Potsdam, 1789. — Preussische Armee Uniformen. Anhang von sechs blattern. Potsdam, 1789. — Nachtrag zu den Preussische Armee. *Potsdam*, 1791. In-8 en feuilles.

Ces différentes suites se détaillent ainsi : 1re série, titre et 6 planches. — 2e, titre et 6 planches. — 3e, titres, texte et 134 planches (selon la table) et 43 doubles. — 4e, titre, 6 planches et 2 doubles. — 5e (pas de titre), 14 planches. — Soit un total de 211 gravures coloriées.

On y a joint aussi 6 planches en noir d'une édition moderne, par Beremcow.

354. **Horvarth**. Uniformes de l'Armée Prussienne sous le règne de Frédéric-Guillaume III, Roi de Prusse. *Potsdam, chez Horvarth*, 1799-1800. In-8 en feuilles.

Cette série fait suite aux précédentes. Elle contient le titre, la table et 172 planches coloriées, relevées d'or et d'argent. Les planches 6[b], 15, 59 et 60 de l'Infanterie, quoique ne figurant pas à la table, appartiennent bien à l'ouvrage. Très bel exemplaire.

355. **Hunten**. Die Waffengattungen des Preussischen Heeres. Acht Bilder in farbendruck nach original-zeichnungen von Emil Hunten. *Dusseldorf* (1860). In-folio, en feuilles.

Cette suite comprend 8 lithographies coloriées, remontées, dans la couverture de publication.

356. **Infanterie, 1730.** Régiments de Mousquetaires et de Fusiliers. In-8 en feuilles.

Collection de 31 lithographies, finement coloriées et dorées, à deux personnages se répétant. Titres manuscrits. Jolie série.

357. **Kaiser.** Militair Album des Konigl. Preussischen Heeres. Konigl. Preuss. Garde-Cavalerie, par Kaiser. Berlin, Sachse (1852). Grand in-folio, en feuilles, dans le carton d'édition.

Très belle série de 6 lithographies coloriées sur teinte, publiées avec le plus grand soin.

358. **KOLBE.** Scènes de la vie militaire. Gezeichnet von Carl Kolbe. Gest. von Frick. Zu finden bei Frick, in Berlin (1803). Grand in-folio en largeur. En feuilles.

Suite de 4 superbes tableaux gravés et coloriés, représentant des scènes de camp.
1° Kuirassier Reg. Schleinitz im Lager bei Berlin.
2° Einrucken der Garde du Corps im Lager bei Potsdam.
3° Dragoner Reg. im Lager bei Berlin.
4° Herbstmanover im Jahre 1803, bei Borne unweit Potsdam.

359. **Kretschnorr.** Uniformes des Régiments de Cuirassiers (1729). In-folio, en feuilles.

Intéressante collection de 12 planches coloriées et dorées. La même gravure-type a servi, le coloris seul donne les différents régiments.

360. **Kruger.** Konigl. Preussische Garde. Gez. von Kruger. Berlin, Sachse (1830). Grand in-folio.

5 lithographies en noir ou en couleurs. Personnages de grandes dimensions.

361. **Kruger.** Abbildungen Koniglich Preussischer Garde-Dragoner. Nach der natur gez. und lith. v. Fr. Kruger. *Berlin*, 1825-27. Grand in-folio obl., broché, couvertures.

Deux suites complètes de chacune 4 lithographies en largeur donnant les costumes des dragons de la garde, sous forme de scènes : vedette, patrouille, attaque, bivouac, etc. Exemplaire à toutes marges.

362. **Lange.** Die Soldaten Friedrich's des Grossen. Von Edward Lange. Mit 31 original Zeichnungen von Adolph Menzel. *Leipzig*, 1853. In-8, demi-reliure chagrin.

Texte et 31 planches coloriées donnant les costumes au temps de Frédéric (1740-1786).

363. **LIEDER.** Darstellung der Konigl. Preussischen Infanterie, in vierzig figuren. Von Fried. Lieder, und in aqua tinta gestochen von Prof. Jugel. *Berlin, Wittich*, 1827. In-folio, en feuilles.

Titre, table et 16 superbes gravures coloriées, conformes à la table. Les pl. 12 et 13 sont en noir, mais le 12 est en double (modèle de coloris). Belle suite.

364. **Lieder.** Planches isolées de l'ouvrage de Lieder, gravées par Wachtmann. *Berlin, bey Wittich.* In-folio, en feuilles.

Réunion de 23 pièces coloriées, quelques doubles avec changements dans les détails d'uniformes.

365. **Lieder et Jugel.** Darstellung der Konigl Preussischen Infanterie in 36 figuren..... nach der natur gezeichnet von Fr. Lieder und in aqua tinta gestochen von prof. Jugel. *Berlin, bei L. W. Wittich,* 1820. In-folio, en feuilles.

Suite complète de : Titre, table et 14 pl. coloriées. à plusieurs personnages. Exemplaire d'une grande fraicheur et de premier tirage (on rencontre des éditions de 1825 ou 1827).

366. **Lieder et Kruger.** Darstellung der Koniglich Preussischen Cavallerie..... nach der natur gezeichnet von den Malern Lieder und Kruger, und in Tuschmanier gestochen von professor Jugel. *Berlin, Wittich,* 1821. In-folio, en feuilles.

Exemplaire complet, de toute beauté. Il comprend : Titre, table et 37 planches gravées, coloriées et rehaussées d'or et d'argent.

367. **Lieder et Kruger.** La même suite, en noir, également complète.

Bien que portant la même date, cette suite comporte quelques différences dans la gravure même avec celle qui précède. On y a joint 6 planches doubles, coloriées.

368. **MANUSCRIT.** Désignation de toutes les trouppes de Sa Majesté le Roi de Prusse, leurs commandeurs et garnisons, et l'ancienneté de toute la Généralité et Officiers de l'État-Major, pour l'année 1751. (Titre manuscrit.) In-8, vélin, tr. dor.

Précieux petit volume, contenant 45 feuillets et orné de 84 dessins relevés de gouache, donnant l'habit des officiers des divers régiments sous Louis XV, avec les noms des Colonels et Majors. Fraicheur exceptionnelle.

369. **MANUSCRIT.** Uniformen von S. Konigl. Majestat in Preussen Armee (1760). Infanterie, Cuirassiers, Dragoner, Husaren, Frey-Bataillons, Jager, als auch Garnison Regimenter. (Titre manuscrit.) In-12, cartonné.

Ce volume contient 150 feuillets, avec 469 dessins relevés de gouache. Il donne les habits et la coiffure avec notes des officiers, sous-officiers et soldats des différents corps, avec les noms des chefs.

370. **MENZEL.** Die Armee Friedrich's des Grossen in ihrer Uniformirung, gezeichnet und erlautert von Adolph Menzel. *Berlin,* 1851-57. Druck und colorirt des Lith. Aust. von L. Sachse. Trois gros vol. in-folio, rel. plein maroq. grenat, tr. dor.

Cet ouvrage, le plus beau de ceux publiés à l'époque, contient 438 planches coloriées divisées en trois parties : 1° Cavalerie, 144 pl. — 2° Infanterie, 144 pl. — Autres corps, 150 pl. Les gravures ont un texte explicatif à part.

Des 30 exemplaires existant, 6 seulement furent à la disposition du commerce. Celui-ci est dans un parfait état de conservation et porte la signature de l'auteur.

371. **Meyer**. Die Konigl. Preussisch Armee. Lith. Inst. v. E. Meyer. *Berlin, Romolini* (1845). In-folio, en feuilles.

Série de 6 lithographies coloriées. Les Nos 1, 2, 4, 5 sont doubles, avec différences. Ensemble 10 pièces.

372. **Meyerheim**. Régiment Garde du Corps, 1786. *S. l. n. d.* Grand in-folio en largeur, en feuilles.

Série de 5 grandes lithographies représentant la Cavalerie, la Garde à pied, l'Artillerie et l'Infanterie.

On y joint 2 planches semblables (noir et couleurs) : Die ersten preussischen Bosniaken, publiées à Berlin.

373. **MULLER**. Abbildung der Konigl. Preussischen Armee Uniformen. Von C. F. Muller. *Leipzig*, 1788. In-12, en feuilles.

Cette jolie suite contient 111 planches gravées et coloriées, à deux personnages à pied. Rare.

374. **Photographies**. Kaiser Manover, 1884, in Rheinland und Westfalen. *Leipzig*, 1885. In-4, en feuilles.

Collection de 15 photographies sous couverture, plus 22 autres sur le même sujet.

375. **Rabe**. Uniformen des Preussischen Heeres, ... gezeichnet und lithographirt von Edmond Rabe. *Berlin, Sachse*, 1850. In-folio oblong, en feuilles.

Suite de 18 lithographies coloriées, en forme de tableaux synoptiques, donnant les costumes de 1700 à 1850.

On y a joint 2 pl. d'une nouvelle édition publiée en 1885, chez Meidinger, à Berlin.

376. **RAMM**. Abbildungen von allen Uniformen der Konigl. Preus. Armee unter den Regierung S. M. Friedrich Wilhelm III. Dargestellt von A. L. Ramm. *Berlin, Unger*, 1800. In-8, en feuilles.

Très belle suite, contenant, outre le texte, la suite des 142 planches coloriées, relevées d'or et d'argent. La table ne donne que 11 pièces à l'État-Major, nous en avons 13, et 14 aux Hussards, alors que nous en possédons 15. Exemplaire taché dans un coin. Très rare complet. Celui de Darmstadt n'a que 130 planches.

377. **Randel**. Armée Royale de Prusse. Gem. v. Randel. *Berlin, Verlag v. Meyer und Hofmann* (1845). Grand in-folio, en feuilles.

Suite de 6 grandes lithographies coloriées avec soin. Le titre en haut des planches et les inscriptions du bas sont en allemand et en français. Belle série.

378. **Reglement** vor die Konigl. Preussische Infanterie. *Berlin*, 1743. In-12, vélin.

Ce règlement important contient 654 pages.

379. **Reilly.** Geschichte und Bildliche Vorstellung der Koniglich Preussischen Regimenter. *Wien*, 1796. Im vow Reillischen Komptoir. In-8, en feuilles.

Texte broché et suite de 159 planches coloriées, classées par groupes de même arme.

380. **SACHSE.** Das Preussische Heer herausgegeben und S. Majestat dem Konige Friedrich Wilhelm III gewidmet von Sachse. *Berlin*, 1833-1836. In-folio, en feuilles.

Collection importante de 72 lithographies coloriées, plus 19 doubles avec changements: soit 91 planches et 1 titre. Une planche plus courte.

381. **Sachse.** Das Preussische Heer, unter Friedrich Wilhelm IV ... gewidmet von Sachse. *Berlin*, 1846. — Supplément ... Die K. Pr. Landwehr-cavallerie, 1854. In-folio, en feuilles.

La première suite comprend 36 lithographies coloriées. Nous l'avons presque deux fois, car elle est ici accompagnée de 32 doubles avec différences. La seconde suite contient 6 planches, également coloriées. Au total, 74 planches.

382. **Schindler.** Militar Album des Koniglich Preussischen Heeres, nach der neuesten organisation... von C. F. Schindler. *Berlin, Carl Gluck* (1863-73). Grand in-folio, en feuilles.

Collection de 50 planches coloriées numérotées. On y a joint 43 feuilles doubles, portant des titres différents, ou les adresses de Sala et de R. Lesser.

383. **Schindler.** Preussen's Heer unter Kaiser Wilhelm. *Berlin*, (1881). In-4, en feuilles, dans le carton d'édition.

Suite complète de 50 chromolithographies et un vol. de texte avec illustrations sur bois. Etat de neuf.

384. **Schneider.** Illustrirte Stamm. Rang und Quartier Liste der K. Preussischen Armee. Von L. Schneider. *Berlin*, 1854. Six parties en un vol. Grand in-8, demi-reliure.

Cet ouvrage est accompagné de 6 grandes lithographies coloriées, sur fond teinté. Chaque planche est entourée des costumes du corps depuis son origine. Belle série.

385. **Schneider.** Der Soldaten-Freund. Von L. Schneider. Illustrirte. *Berlin*, 1861. In-8, demi-reliure.

Ouvrage orné d'environ 150 gravures coloriées, par H. Muller, d'après L. Burger.

386. **Skarbina.** Réunion de 6 aquarelles in-4°, à un personnage à pied ou à cheval. Régiments Grumbkow, Lottum et Gendarmes, 1713. — Régiments Glasenapp, du Buisson et Gendarmes, 1723.

387. **Skarbina.** Régiments de Cuirassiers, en 1735, d'après les tableaux qui sont au château de Charlottenburg. In-folio, en feuilles.

Suite de 12 belles aquarelles, par Skarbina (?), à un personnage à cheval.

388. **Wittich**. Abbildungen der Konigl. Preussischen Armee. *Berlin, bei Lud. W. Wittich*, 1823. In-4, en feuilles, dans le cartonnage d'édition.

Suite de 1 titre et 65 planches coloriées et remontées. Petite série fort intéressante. Une écriture ancienne sur le plat intérieur du cartonnage annonce 65 planches. Cette suite est donc probablement complète.

389. **Wolf et Jugel**. Abbildung der neuen Konigl. Preuss Armee Uniformen, nach der natur gezeichnet von L. Wolf und in kupfer gestochen von F. Jugel. *Berlin, Weiss* (1813-15). In-fol., en feuilles.

Série sans titre, comprenant 36 planches gravées et coloriées. On y joint 6 doubles différentes. Suite collationnée sur l'exemplaire de Darmstadt.

390. **Wolf et Jugel**. Autre suite avec le même titre, mais ayant le nom de Meyer joint à celui de Jugel. In-folio, en feuilles.

Cette série comporte 24 planches gravées et coloriées, différentes des pl. du n° précédent. Suite sans titre, conforme à celle de Darmstadt.

391. **Wolf et Jugel**. Burgergarde. In-folio, en feuilles.

Cette troisième série, des mêmes artistes, contient 10 gravures coloriées, conformément à l'exemplaire de la Haus Bibliothek de Berlin.

---

392. **Becker und Pauly**. Geschichte des 2 Ostpreussischen Grenadier Regiments n° 3, 1685-1885. *Berlin*, 1885. Deux vol. in-8, demi-rel.

Historique orné de 6 planches en noir et 6 en couleurs, hors texte.

393. **Bentner**. Di K. Preussische Garde Artillerie. Erster band. *Berlin*, 1889. In-8, broché.

Historique contenant 8 pl. en noir et en couleurs.

394. **Doring**. Geschichte des 7 Thuringischen Infanterie Reg. n° 96. Erste theil : Vorgeschichte, 1664-1867. *Berlin*, 1890. In-8, broché.

Historique contenant 3 cartes, 3 planches en noir et 3 coloriées.

395. **Dziengel**. Geschichte des K. zweiten Ulanen Regiments. 1675-1858. Von Dziengel. *Potsdam*, 1858. In-8, rel. d'édition.

Historique illustré de 4 chromolith. hors texte.

396. **Foerster**. Geschichte des K. Preus. Ersten Kurassier Regiments, 1672-1840. Von Dr Foerster. *Breslau*, 1841. In-8, demi-rel.

Historique orné de 6 planches coloriées.

397. **Hagen**. Geschichte des Neumarkischen Dragoner Regiments n° 3. *Berlin*, 1885. In-4, demi-rel.

Historique orné d'illustrations en photographie et de costumes coloriés, en lithographie.

398. **Heym**. Die Geschichte des Reitenden Feldjager Corps, 1740-1890. Von Otto Heym. — Supplément. *Berlin*, 1890. Deux vol. in-8, cartonnage d'édition.

Historique orné de 7 planches en noir et en couleurs.

399. **Historiques**. Vollstandige Geschichte aller Koniglichen Preussischen Regimenter. *Halle*, 1767. In-8, cartonné.

Divisé en 6 parties avec chacune une planche coloriée, à deux personnages.

400. **Knotel**. Die Preussische Armee... Geschichte unseres Heeres in Wort und Bild. *Berlin*, 1883. Un vol. grand in-8 cartonné.

A cet Historique on joint une grande lithographie en couleurs, représentant les uniformes des Hussards.

401. **Kossecki**. Geschichte des Husaren Reg. n° 14, 1706-1886. *Leipzig*, 1887. In-8, broché.

Historique contenant 4 planches en couleurs.

402. **Lippe**. Husaren Buch, bearbeitet von Ernst Graf zur Lippe. *Berlin*, 1863. In-8, cartonnage d'édition.

Historique orné de 12 planches en couleurs.

403. **Lippe-Weissenfeld**. Geschichte des K. Preuss. 6 Husaren Reg. *Berlin*. 1860. In-8, cartonnage d'édition.

Historique orné de 5 planches coloriées.

404. **Lossow**. Geschichte des Grenadier Reg. K. Friedrich I, n° 5, 1626-1713. *Berlin*, 1889. In-8, broché.

Historique contenant 2 planches en noir et 3 coloriées.

405. **Mackensen**. Schwarze Husaren. Geschichte des 1 Leib-Husaren..... und des 2 Leib-Husaren Regiments. Von Mackensen. *Berlin*, 1892. Deux vol. In-4, brochés.

Cet Historique de Hussards contient de nombreuses planches en noir et en couleurs.

406. **Malinowsky**. Geschichte der Brandenburgisch-Preussischen-Artillerie, 1391-1840. *Berlin*, 1840-42. Trois vol. in-8, demi-rel.

Le 1er volume contient 4 planches en couleurs.

407. **Meyerinck**. Das K. Preussische Garde Husaren Regiment, 1811-1869. Von Meyerinck. *Potsdam*, 1869. Petit in-4, demi-rel.

Historique contenant une planche coloriée.

408. **Monteton**. Geschichte des K. Preussischen Sechsten Kurassier Reg. gen. Kaiser von Russland, 1640-1842. *Brandenburg*. 1842. In-4, demi-rel.

Historique renfermant 4 belles lithographies coloriées.

409. **Oelsnitz**. Geschichte des K. Preus. Ersten Infanterie Reg., 1619-1855. *Berlin*, 1855. In-8, demi-rel.

Cet Historique contient 6 planches en noir et en couleurs (une remontée).

410. **Orlop**. Geschichte des Kurassier Regiments Graf Wrangel, n° 3. Von Orlop. 1716-1892. *Berlin*, 1892. In-8, cartonnage d'édition.

Historique orné de 6 planches en noir et en couleurs.

411. **Reinhard**. Geschichte des K. Preus. Ersten Garde Regiments, 1740-1857. *Potsdam*, 1858. Grand in-8, demi-rel.

Historique illustré de 8 lithographies en noir et 8 en couleurs, à la fin du volume.

412. **Rohr**. Geschichte des 1. Garde Dragoner Regiments, 1811-1880. Von Rohr. Mit abbildungen, karten und planen. *Berlin*, 1880. In-folio, reliure d'édition.

Historique luxueux, contenant de nombreuses illustrations hors texte.

413. **Salisch**. Geschichte des K. Preuss. Siebenten Infanterie Reg., 1797-1854. *Glogau*, 1854. In-8, cartonné.

Historique contenant 6 lithographies coloriées, de costumes.

414. **Schoning**. Geschichte des K. Preus. Regiments Garde du Corps, 1740-1840. *Berlin*, 1840. In-4, demi-rel.

Cet Historique est orné de 6 lithographies coloriées, intéressantes.

415. **Sieg**. Geschichte des Dragoner Reg. Prinz Albrecht von Preussen n° 1, 1867-1881. *Berlin*, 1883. In-4, cartonné.

Historique illustré en noir et en couleurs.

416. **Stawitzky**. Geschichte des Infanterie Reg. von Lutkow n° 25, 1813-1857. *Berlin*, 1889. In-8, broché.

Historique contenant 6 planches en couleurs.

417. **Stuckrad**. Geschichte des 1. Magdeburgischen Infanterie Reg. n° 26. 1813-1888. *Berlin*, 1888. Deux vol. in-8, brochés.

Historique avec illustrations hors texte.

418. **Von Ardenne**. Geschichte des zieten'schen Husaren Reg. *Berlin*, 1874. In-8.

Historique contenant 2 portraits et 2 planches en couleurs.

SAXE

419. **Anonyme**. Abbildung der neu Organisirten Koniglich Sachsischen Armee in colorirten Gruppen auf 20 blattern. *Leipzig*, in Industrie-Comptoir (1810). Petit in-8 en feuilles.

Titre, tables et suite complète de 20 gravures coloriées. Jolie série. On y a joint une aquarelle représentant 4 Hussards.

420. **Anonyme**. Neuuniformirte Koniglich Sachsische Armee, nach der natur gezeichnet und in Gruppen dargestellt. *Dresden*, 1811. In-8, broché.

Cette série, du même genre que la précédente, est complète en 8 planches coloriées, avec texte explicatif.

421. **Anonyme**. Troupes de l'Armée Saxonne à la fin du XVIIIe siècle. Sans titre, ni nom d'auteur. In-4 oblong, en feuilles.

Série de 45 planches coloriées avec grand soin. Elles représentent plusieurs personnages avec fonds variés, généralement des vues de Saxe. Planches sans marges, et remontées.

422. **Anonyme**. Troupes Saxonnes, 1813. Planches in-8, contenant généralement 5 petites figures à pied, avec texte au bas. En feuilles.

Réunion de 16 planches finement coloriées.

423. **Aquarelles**. L'Armée Saxonne au camp de Zeithayn (1730). D'après les originaux du Cabinet des Estampes de Dresde. In-folio, en feuilles.

Suite de 18 aquarelles à un personnage, sans texte. Titres au dos.

424. **Aquarelles**. Uniformes der Churfurst Sachsischen Truppen im Lustlager zu Zeithayn, anno 1730. In-4, en feuilles.

Collection de 24 belles aquarelles, donnant chacune un personnage, d'après les tableaux du château royal de Dresde.

425. **Barth**. Pragmatische Geschichte der Sachsischen Truppen, ein Taschenbuch fur Soldaten. *Leipzig, bey J. A. Barth*, 1792. In-18, maroq. vert, dentelles, tr. dor. Rel. moderne.

Ce petit livre, très rare, est ici en édition ancienne, quant au texte ; mais les 32 planches coloriées sont de la réimpression.

426. **Eckert** et **Monten**. Les Armées d'Europe représentées en groupes caractéristiques. SAXE. *Wurzbourg, chez Ch. Weiss* (vers 1835). In-folio, en feuilles.

Collection de 23 planches coloriées, plus 7 doubles différentes ; soit 30 au total.

427. **Gœtz**. Geschichtliche Ubersicht des... Grossherzogl. Sachs. Militairs... *Weimar, den 5 sept. 1825. Lith. von kupferstecher Theodor Gœtz*. In-fol. obl., cartonné.

Titre, dédicace, texte, table et 20 lithographies coloriées donnant les costumes de 1775 à 1825. Ouvrage complet. Rare.

428. **Hauthal**. Geschichte der Sachsischen Armee in Wort und Bild von Dr. Ferd. Hauthal. *Leipzig, Bach*, 1859. In-fol., rel. d'édition.

Cet ouvrage est divisé en plusieurs parties et donne les costumes en 1730, 1764, 1802, 1812, 1832 et 1859. Il comprend un texte et 60 lithographies coloriées. Le titre de 1802 manque.

429. **HESS**. Abbildung der Chur. Sachsischen Truppen in ihren Uniformen, unter der Regierung... Fried.-Aug. III. Von C. A. Hess. *Dresden*, 1805-1807. In-folio, en feuilles.

Cette suite, extrêmement rare, n'a pas de titre. Elle se compose de 8 planches coloriées, plus une double différente. Exemplaire conforme à ceux de Darmstadt et Dresde.

430. **Hessen**. Uniformen der Verschieden Truppen der Churfurstlich Sachsischen Armee, herausgegeben von W. Hessen. *Erfurt*, bei W. Hennings, 1797. In-8 obl., veau.

Titre, table et suite complète de 31 planches coloriées, à un ou deux personnages en pied.

431. **Sauerweid**. Kriegs Scenes, bei Dresden, nach der natur gezeichnet und radirt von A. Sauerweid. *Dresden*, 1809. — Kriegs Scenes... (2ᵉ suite). *Dresden*, 1810. Petit in-4 oblong, en feuilles.

Deux suites complètes, de chacune 16 eaux-fortes, avec les titres au dos. On y a joint 3 pièces du même artiste. Ensemble 35 planches.

432. **Sauerweid**. L'Armée Saxonne représentée en 30 feuilles, dessinée par Sauerweid, gravée par Granicher, coloriée par Botticher. *Se trouve chez Henry Ritner, à Dresde*, 1810. In-4, en feuilles.

Suite complète des 30 planches, sans numéro, adresse, ni noms d'artistes. Le titre, que nous n'avons pas, a été copié sur l'exemplaire de Darmstadt.

433. **Schonberg**. Geschichte des K. Sachsische 7 Infanterie Reg. « Prinz Georg » n° 106 (1708-1872). *Leipzig*, 1890. Deux vol. in-8 de texte, et un Atlas in-folio. Reliure d'édition.

L'Atlas de cet Historique contient 22 cartes et 3 planches, coloriées, en largeur, d'uniformes.

434. **SCHUBAUER**. Darstellung der K. Sachsischen Armee, nach ihren... in tiefster Ehrfurcht gewidmet von dem Herausgeber Pietro del Vecchio in Leipzig; nach originalzeichnungen von Fr. Schubauer, 1842. In-fol. obl., en feuilles, dans le cartonnage original.

Admirable collection de 9 lithographies gouachées, relevées d'or et d'argent, montées en dessins et ayant leur titre imprimé sur or. Les costumes sont représentés par groupes. Nous relevons sur une feuille : Fr. Schubauer n. d. nat. gez. G. Schlick lith.

435. **THOST**. Armée Saxonne, 1848-1861. In-4, en feuilles.

Cette collection, réunie par petits fragments et de diverses sources, contient 49 aquarelles, la plupart datées, quelques-unes signées F. Thost. Elle doit être une partie d'une collection plus nombreuse, restée inédite. Chaque feuille représente un personnage à pied ou à cheval. Au dos, on trouve le n° de la planche et le titre manuscrit.

436. **Zollner**. Abbildungen der neuen Uniformen der Koniglich Sachsischen Armee, gezeichnet und lithographirt von F. Heine. Gedruckt von L. Zollner. *Dresden* (1834). Grand in-4, en feuilles.

Belle série complète de 16 lithographies coloriées, et 4 couvertures formant tables.

WURTEMBERG

437. **Braun**. Konigliche Wurttembergische Armee in Gruppen auf 24 Blattern, dargestellt und lithographirt von Reinhold Braun. *Stuttgart, verlag der G. Ebnerschen Kunsthandlung* (1840). Grand in-4, en feuilles.

Suite complète et rare de 24 lithographies soigneusement coloriées, avec le titre imprimé. Exemplaire très frais.

438. **Eckert** et **Monten**. Les Armées d'Europe représentées en groupes caractéristiques. WURTEMBERG. *Wurzbourg, chez Ch. Weiss* (vers 1835). In-fol., en feuilles.

Suite de 30 planches coloriées, et 2 doubles différentes, soit 32.

439. **Kirn**. Das K. Wurtt. Militar in seiner neuen Uniformierung, 1865... Von G. M. Kirn. *Stuttgart*. In-8, en feuilles.

Suite de 13 chromolithographies remontées. Uniformes et planches de détails.

440. **Malté**. Abbildungen des Wurttembergischen Militars, 1664-1815. *Stuttgart*, Ebner, 1857. Petit in-4 oblong, en feuilles.

Suite complète de 1 titre, 1 frontispice et 8 lithographies coloriées et relevées d'or et d'argent.

441. **SEELE**. Kœnigliche Wurttembergische Garde du Corps, Infanterie, Chevau-légers, etc. Nach der Zeichnung des Hr Gallerie Director Seele v. L. Ebner. *Stuttgart, im verlag der Ebnerschen Kunsthandlung* (1809-1813). In-folio oblong, en feuilles.

Collection de 10 planches gravées et coloriées, donnant les costumes Wurtembergeois sous forme de scènes. Une feuille est restaurée. Suite belle et rare.

442. **Stadlinger**. Abbildungen des Koniglich Wurttembergischen Militars von 1638-1856. *Stuttgart*, 1856. Un vol. de texte in-8 cartonné et un Atlas in-4, en feuilles, dans le cartonnage de publication.

Collection complète et fort intéressante de 36 planches coloriées avec soin.

ANGLETERRE

443. **ACKERMANN'S**. Costumes of the British Army, 1840-1855. Harris sculp. *London*, Ackermann. In-folio, en feuilles.

Réunion de 39 planches coloriées. Rares.

444. **Ackermann's**. Costumes of the Indian Army, 1844-1847. Harris sculp. *London*, Ackermann. In-folio, en feuilles.

Réunion de 22 planches coloriées. Cette série fait suite à la précédente.

445. **Ackermann**. The new series of R. Ackermann's Costumes of the British Army. Par Harris, d'après Martens. *London*, 1855-1858. In-folio, en feuilles.

Belle suite, contenant 15 planches numérotées, gravées et coloriées avec le plus grand soin.
On y a ajouté les nos 2, 3, 4 et 5 d'une série du même Harris : *Costumes of the Volunteers Corps*, London, 1859-60.
On y joint encore une planche isolée (private plate) : Royal Body Guards ; Corps of Gentlemen at arms, 1861. Ensemble 20 planches. État parfait.

446. **Ackermann**. Armée Anglaise, 1849-1853. Par Harris, d'après Martens. In-4, en feuilles.

Réunion de 30 planches coloriées de cette petite suite intéressante.

447. **Clayton**. The Grenadier Guards. *London*, Ackermann, 1854. Grand in-folio obl., demi-chagrin rouge, tr. dor.

Suite complète de 12 lithographies coloriées sur teinte, donnant les costumes des Grenadiers de la Garde depuis 1660 jusqu'à 1853.

448. **Divers**. Troupes anglaises. Pièces publiées par Ackermann, Spooner, etc. Divers formats.

Lot de 32 planches en noir ou en couleurs.

449. **Drapeaux**. The colours of the Grenadier Guards, by Robert French M'Nair. *London*, 1869. In-4. Cartonnage original.

Cet ouvrage comprend 20 planches de drapeaux, coloriées.

450. **Fac-simile** et reproductions en couleurs, par Legras, Payne, Detaille. In-folio.

Lot de 30 pièces.

451. **Gambart**. Armée Anglaise en 1854-1856. *A Londres, chez Gambart*. In-12, en feuilles, dans un emboîtage.

Suite de 96 lithographies coloriées, sur teinte, à un personnage à pied. Ces pièces sont découpées de 6 grandes feuilles à 16 sujets.

452. **Genty**. Costumes militaires. Infanterie Anglaise (1815). *A Paris, chez Genty*. In-8, en feuilles.

Suite complète de 9 pièces coloriées à belles marges. On y joint une planche non décrite : Garde du Corps du Roi.

453. **Harris**. The Life Guards. Band passing in review. — The British Army. Infanterie et Cavalerie, 1863-1865. Grand in-folio.

Trois très belles planches coloriées : nombreux personnages.

454. **Harris**. The British Army. Cavalerie. — 3rd light Dragoons. Grand in-folio.

Deux belles planches en couleurs. On y joint le Contingent Indien, de Norie, et le Camp de Brighton, de Wheatley. Ensemble 4 pièces.

455. **Heath**. British Royal Artillery. Drawn by Heath. *London*, Colnaghi (1830). In-folio obl., en feuilles.

Suite de 4 lithographies coloriées.

456. **HULL**. The Costume of the British Army in MDCCCXXVIII. Lithographed by M. Gauci, from original drawings by E. Hull. *London*, 1828. In-4, demi-rel.

Très bel exemplaire, complet, de ce livre rare. Il contient : Titre, frontispice et 72 lithographies coloriées. On y a joint une planche sur les Cipayes. Le frontispice est remonté. L'ordre numérique n'a pas été observé à la reliure.

457. **Mitchell**. Eighty seven figures showing all the motions in the manual and platoon exercises, and the different firings. By Cap. Mitchell. *London*, 1846. Petit in-8, cartonné.

Petit livre rare, comprenant 25 planches de costumes, et montrant les divers mouvements du maniement d'armes.

458. **Newhouse**. Military incidents. Newhouse del., Reeve sculp. *Londres*, *s. d.* In-fol. obl., en feuilles.

Suite complète de 6 gravures coloriées donnant sous forme de scènes variées les costumes de l'armée anglaise vers 1840.

459. **NORIE**. The British Army, 1889-93. In-folio obl., en feuilles, dans trois cartonnages spéciaux.

Splendide collection de 72 aquarelles, dont 1 titre, par Orlando Norie, représentant avec une précision extrême les types des corps anglais, avec leurs drapeaux. Peut-être cette série était-elle destinée à être reproduite en chromolithographie, mais elle est restée inédite. Chaque planche porte sa description au dos.

460. **Norie**. 16e Lanciers. — 13e Hussards. — Trompette des Highlanders. — Highland light Infantry. Aquarelles. In-folio.

Quatre belles aquarelles signées, inédites.

461. **ROWLANDSON**. Loyal Volunteers of London and Environs, Infantry and Cavalry, in their respective uniforms. Representing the whole of the manual, platoon, and funeral Exercise, in 87 plates, designed and etched by T. Rowlandson..... *London*, Ackermann, 1799. In-folio, en feuilles.

Collection de 86 planches au lieu de 87 (il faut deux pl. 34, nous n'en avons qu'une). Elles sont coloriées et relevées d'or et d'argent. Nous avons également le titre gravé, la dédicace, la préface, la table et tous les feuillets de texte.

Les planches 1, 2, 3, 4, 9 de la Cavalerie ne sont pas gravées, mais lithographiées. La pl. 5 de l'Infanterie est refaite à l'aquarelle.

Exemplaire très propre et grand de marges.

462. **Scott**. The British Army : its origin, progress, and equipement. By Sir S. D. Scott, Bt. *London*, 1868. Deux vol. in-8. Cartonnage d'édition.

Contiennent 103 planches d'objets d'ornement et d'équipement.

463. **Simkin**. Our Armies, illustrated and described by Richard Simkin, with 101 fac-simile water colour drawings. *London* (1891). Petit in-4 obl., cartonnage d'édition.

Atlas avec figures en couleurs dans le texte.

464. **SMITH**. Costume of the Army of the British Empire according to the last regulations, 1814, designed by an officer on the staff (C. H. Smith), aquatinted by J. C. Stadler. *London, Colnaghi*, 1815. In-folio, en feuilles, tr. dor.

Belle collection, comprenant : Titre, dédicace, frontispice, 6 schema et 54 gravures coloriées : soit 60 planches. La 13e feuille est consolidée sur un côté. Bel exemplaire.

465. **Thomas**. Sketches of British Soldiers. *London*, 1861-1869. Grand in-folio, en feuilles.

Série de 6 belles lithographies en largeur, numérotées et coloriées, sur fond teinté. Elles donnent les différents costumes de l'armée anglaise, sous forme de tableaux.

---

466. **Luard**. History of the british soldier... by J. Luard, illustrated with 50 drawings. *London*, 1852. In-8, cartonnage d'édition.

50 planches de costumes, au trait.

467. **Macdonald**. The history of the dress of the Royal Reg. of Artillery, 1625-1897. *London, Sotheran*, 1899. In-4, reliure d'édition.

Historique orné de 24 planches en couleurs, imprimées par Goupil.

468. **Packe**. An historical record of the Royal Reg. of Horse Guards, or *Oxford Blues*, 1661-1846. By Ed. Packe. *London*, 1847.

Historique orné de 7 planches en noir ou en couleurs, d'uniformes et de drapeaux.

469. **Ross**. Old Scottish regimental colours, with 26 coloured plates. *Édimbourg*, 1885. Petit in-folio, reliure d'édition.

Bel ouvrage historique, illustré avec grand soin.

AUTRICHE

470. **Artaria**. Schema aller Uniform der Kaiserl. Konigl. Kriegsvolhern. Zu finden bey Artaria in *Wien*, 1796. In-8, en feuilles.

Ce livre contient 132 gravures coloriées et 13 titres, sans signatures. Les planches ont été classées par armes. Quelques-unes ont été noircies à la figure et aux mains.

471. **ARTARIA**. Collection de 16 planches gravées et coloriées, par Mansfeld, Schindler, Erhard et Beyer, d'après Stubenrauch et

Schindler. Verlegt bei Artaria und Comp. in *Wien* (1820-1825). In-folio oblong, en feuilles.

Ces superbes planches donnent sous forme de tableaux les costumes des différents corps. La pl. des Grenadiers est double, avec différences. Soit 17 au total. Suite rare.

472. **Artaria**. Tableau général de la Cavallerie (et de l'Infanterie) Autrichienne. Kobell del., Mansfeld sc. *A Vienne, chez Artaria*. Grand in-folio.

Deux belles planches coloriées, faisant pendants. Elles donnent un tableau complet de l'Armée Autrichienne vers 1810.

473. **Artaria**. Tableau général de la Cavallerie Autrichienne (vers 1810). Planche double de la suite précédente, mais avec coloris différent.

Papier au filigrane de 1810.

474. **BERMANN**. Die K. K. Oesterreichische Armee, nach der neuesten Uniformirung; in 48 Blattern dargestellt. *Wien, bey J. Bermann* (1839). In-8 carré, en feuilles.

Série complète de 48 gravures coloriées et dorées, en belle condition.

475. **Burgerschaft**. Vollstandige Bildliche Darstellung der gesammten loblichen Uniformirten Burgerschaft der K. auch K. K. Haupt und Residenz Stadt Wien, nach dem neuesten Costume, 1806. *Wien, C. Muller* excud. Grand in 8 carré, en feuilles.

Cette suite comporte 1 titre orné, 1 portrait et 30 planches gravées et coloriées, à une figure à cheval ou deux à pied. Le titre est remonté.

476. **Danzer**. Unter den Fahnen. Von Alfons Danzer, mit 11 tafeln. *Wien*, 1889. In-8. Cartonnage d'édition.

Orné de onze planches en couleurs.

477. **Divers**. Lithographies de Trentzensky, d'après Habermann : Scènes de camps. — Costumes coloriés de différentes suites. Treize pièces.

478. **Divers**. Planches tirées de suites variées. — Dessins. 26 pièces en noir ou en couleurs.

479. **Divers**. Charles, Archiduc d'Autriche. — Camp autrichien. — Bataille de Tolentino. — Radetzky à Novare. Etc. Six planches grand in-folio, en noir ou en couleurs.

480. **Ebner**. Cavaliers autrichiens au campement. — Retour du fouragement des Autrichiens. — Kayserlicks jouant. — Appel d'avancement dans la bataille. — Ein Invalid. — Das entschtossene Mœdchen. Etc. In-folio, en feuilles.

Réunion de 11 planches coloriées, de Seele, publiées chez Ebner. Ne sont pas toutes autrichiennes.

481. **ECKERT et MONTEN**. Les Armées d'Europe représentées en groupes caractéristiques. AUTRICHE. *Wurzbourg, chez Ch. Weiss* (vers 1835). In-folio, en feuilles.

Collection de 4 schema et 44 planches de costumes coloriés, à laquelle on a ajouté 4 autres schema avec texte différent et 41 planches doubles avec de nombreuses variantes dans les costumes. Le total de ce lot se trouve ainsi porté à 93 planches.

482. **Exercices**. Observations puncten... von Khevenhuller... Das exercitium zu pferd. *Wien*, 1739. In-4, vélin.

Contient des planches sur l'exercice et les manœuvres d'ensemble.

483. **Franceschini**. Die Adjustirung der Armee Oesterreich-Ungarns (1877) in 22 Blatter, nach Zeichnungen des Oberlieutenants Fr. Franceschini. *Wien, Czeiger* (1877). In-folio obl., en feuilles.

Couverture et 22 chromolithographies. Suite complète.

484. **Freiwilligen-Corps** (Die) Osterreich's im Jahre 1859. Mit XVIII chromolith Abbildungen. *Wien*, 1860. In-folio, en feuilles.

Cahier de texte et suite complète de 18 planches coloriées, sur teinte.

485. **GERASCH**. Das Oesterreichische Heer, von Ferdinand II, bis Franz Joseph I. Lithographirt von F. Gerasch. *Wien* (1850). Petit in-4, en feuilles, dans le cartonnage d'édition.

Cette série renferme 152 lithographies coloriées, sur fond teinté. Elle montre les costumes de l'Armée Autrichienne depuis 1620 jusqu'en 1850.

486. **GRAFFER**. Genau Darstellung Sammtlicher Branchen der K. K. Armee. Costume des Uniformes de l'Armée impériale et royale, représenté caractéristiquement en 138 figures. *Wien, bey Græffer dem Jungern*, 1792. In-12 cartonné, tr. dor.

Exemplaire colorié, bien complet des 138 planches. Rare.

487. **Hausner**. Die K. K. Osterr. Ungar. Armee, nach den neuesten Adjustirung... par J. Hausner. *Wien* (1886). In-folio oblong, en feuilles. Cartonnage illustré.

Collection complète des 22 lithographies coloriées, décrites à la table.

488. **Infanterie**. Suite de 8 chromolithographies donnant en 16 figures les Costumes de l'Infanterie Autrichienne de 1741 à 1867. In-8, sans date ni noms d'artistes.

489. **Heicke**. Oesterreichische und Russische Truppen aus dem Ungarischen Feldzuge, 1849. *Gezeichnet von Jos. Heicke*. In-4, en feuilles.

Suite de 8 lithographies numérotées, coloriées. Dans la couverture de publication.

490. **Le Rouge**. Nouveau recueil en 21 feuilles, des différends habillements des trouppes qui composent l'armée de la Reine de Hongrie, ramassées sur les frontières de ce royaume. A. P. D. R. *A Paris, chez Mlle Le Rouge, rue des Augustins, vis à vis le panier fleuri*, 1742. In-4, cartonné.

Série fort curieuse et rare, de 21 planches en coloris ancien.

491. **Leykum**. Die K. K. Osterreich'sche Armee, nach der neuesten Adjustirung, gezeichnet und A. Strassgschwandtner. *Wien, Aloys Leykum* (1850-53). In-folio, en feuilles.

Suite de 36 lithographies coloriées sur papier fort, titre et couverture. On y joint les pl. 9 et 14 en double, avec différences.

492. **Maly**. Das K. K. Heer und die Osterr. und Ung. Landwehren. *Wien* (1884). Grand in-folio, en feuilles, dans le cartonnage d'édition.

Collection de 25 planches et 1 portrait de l'Empereur, en lithographies coloriées, sur teinte. Ouvrage soigné.

493. **MANSFELD**. Abbildung der neuen Adjustirung der K. K. Armee. Seiner Koniglichen Hoheit dem Erzherzog Ferdinand Karl... J. G. Mansfeld. *Wien, bey T. Mollo* (1798). In-folio, en feuilles.

Très belle suite de planches gravées et coloriées avec le plus grand soin. Elle comprend : Titre orné, portrait du P[ce] Ferdinand Charles et 46 planches numérotées, à 2 personnages à pied ou un à cheval, avec large bordure bistre. Fort rare.

494. **MOLLO**. Abbildung der neuen K. K. Œsterreichischen Armee Uniformen.... heft herausgegeben von Tranquillo Mollo. *In Wien, bey Tr. Mollo* (1808). In-fol., en feuilles.

Collection de 36 planches gravées et coloriées, sans numéros. Ouvrage très soigné et en parfait état.

495. **Ordonnance**. Regulament und Ordnung nach welchen sich gesammtes K. K. Fuss-Volck... und allen Kriegs Exercitien. *Wien*, 1749. In-4, cartonné.

Orné de nombreuses planches en noir représentant les exercices de l'infanterie.

496. **Ordonnance**. Adjustirungs vorschrift fur die Generale, Stabs und Ober-Officiere... der K. K. Armee. *Wien*, 1855. In-4, cartonné.

Texte en 59 pages et suite complète des 32 planches de détails, décrites à la table.

497. **Ordonnance**. Adjustirungs und Ausrustungs vorschrift fur das K. K. Heer... *Wien*, 1871. In-4, demi-rel.

Divisé en 6 parties, avec illustrations dans le texte, détails d'uniformes, etc.

498. **Reglement** über ein Kayserliches Regiment zu Fuss, von Regal. *Nurnberg*, 1728. In-8 carré, cartonné.

499. **Règlement**. Adjustirungs vorschrift fur die Generalitat, Stabs und Ober-Officiere... der K. K. Armee, vom Jahre 1837. *Wien, aus der K. K. Druckerei*. In-folio, demi-cart. toile.

Texte en 76 pages in-4 et Atlas in-folio de 22 planches de détails des uniformes. Conforme à la table.

500. **REILLY**. Geschichte und Bildliche Vorstellung der Regimenter des Erzhauses Œsterreich. *Wien*, 1796. Im vom Reillyschem komptoir. In-8, en feuilles.

Texte broché et suite de 168 planches coloriées, classées par armes.

501. **Schema**. Uniformes des Corps de l'Armée autrichienne à la fin du XVIIIe siècle. *Wirsing excud. Norimberg*. In-folio, dans un emboîtage.

Trois curieux placards coloriés, montés sur toile. Deux sont divisés en écussons contenant chacun 2 ou 3 personnages de la cavalerie et 1 en pied dans le troisième tableau.

502. **Strassgschwand**. Die K. K. Œsterreichische Armee nach der neuesten Adjustirung, 1869. *Herausgegeben von P. Kaeser, Wien*. In-12, en feuilles.

Série de 45 petites lithographies coloriées sur fond teinté.

503. **TRENTSENSKY**. Bildliche Darstellung der K. K. Œsterreichischen Armee. *Lithographirt und zu haben bey Jos. Trentsensky in Wien* (1820). In-folio, en feuilles.

Suite remarquable et parfaitement complète de 32 lithographies coloriées, bien conformes à la table. Les planches sont signées : Papin nach der natur gez. u. gravirt. Superbe état.

504. **Trentsensky**. K. K. Œsterreichische Armee, nach der neuen Adjustirung, 1837-1848. *Herausgegeben von M. Trentsensky in Wien*. In-folio. Reliure d'édition.

Très bel ouvrage divisé en 6 parties et comprenant 88 lithographies coloriées avec le plus grand soin.

505. **Trentsensky**. Darstellung der K. K. Œster. Armee mit allen chargen; in XXXVI heften, nebst einem anhange in XXIV blattern. *In Wien, J. Trentsensky* (1824). Un vol. in-8 carré, en livraisons dans le cartonnage original et un Supplément in-folio, en feuilles.

Ce bel ouvrage se compose de 205 planches coloriées, conformes à la table. Elles sont en feuilles dans leurs enveloppes de livraisons, telles qu'elles furent publiées. L'introuvable Supplément, qui doit contenir 24 grandes lithographies en noir, n'en comprend ici que huit.

506. **Trentsensky**. Armée Autrichienne (1825-1850). *Herausgegeben von M. Trentzensky in Wien*. Impérial folio, en feuilles.

Suite de 8 grandes lithographies coloriées, plus 4 doubles avec variantes. On y a joint 2 planches de tirages différents et une en noir. Ensemble 15 pièces.

507. **Trentsensky**. Hussards en marche. — Uhlans en marche. — Exercice de cavalerie. Lithographies de Trentsensky. Trois pièces coloriées, grand in-folio. Belles épreuves.

508. **Treuenfest**. Geschichte des K. K. 11 Hussaren Regimentes, 1762 bis 1850. *Wien*, 1878. In-8, rel. sur brochure.

Avec 8 planches hors texte, lithographies coloriées.

---

509. **Arneth**. Geschichte Maria Theresia, 1748-1780. *Wien*, 1870-79. Sept vol. in-8, brochés.

510. **Arneth**. Maria Theresia's erste Regierungsjahre. — Maria Theresia und Joseph II. — Joseph II und Catharina. *Wien*, 1863-69. Sept vol. in-8, demi-rel.

510 *bis*. **Arneth**. Briefe der Kaiserin Maria Theresia an ihre kinder und freunde. Herausgegeben von Alfr. Ritter von Arneth. *Wien*, 1881. Quatre vol. in-8 brochés.

511. **Historique**. Geschichte des K. K. Infanterie Regimentes Erzherzog Carl Stephan n° 8, 1642-1892. *Brünn*, 1892. Trois vol. in-8 brochés. Nombreux portraits.

512. **Neuwirth**. Geschichte des K. K. Infanterie Reg[t] n° 54. *Von Neuwirth*, *Wien*, 1885. In-8, rel. d'édition.

Orné de 10 planches en couleurs, donnant les costumes du régiment depuis 1655.

513. **Treuenfest**. Geschichte des K. K. Huszaren Reg. n° 8, 1696-1880. *Wien*, 1880. In-8, broché.

Historique contenant 6 planches coloriées.

514. **Treuenfest**. Geschichte des K. K. Infanterie Reg[t] Hoch und Deutschmeister n° 4. *Wien*, 1879. In-8, demi-rel.

Historique orné de 2 portraits et 12 planches coloriées, donnant les costumes du régiment depuis 1696.

BELGIQUE

515. **Cruyplants**. Histoire de la Cavalerie Belge au service d'Autriche, de France, des Pays-Bas. *Bruxelles*, 1883. In-8, demi-reliure.

Historique orné de 6 planches en chromolithographie.

516. **Hendrickx**. Uniformes de l'Armée Belge publiés d'après les dessins originaux exécutés par ordre de S. A. R. Mgr le Duc de Brabant. *Bruxelles*, *Muquardt*, 1855. Grand in-folio, en feuilles.

Belle collection de 4 lithographies signées Hendrickx, coloriées. Elles donnent, sous forme de tableaux, l'État-Major, l'Infanterie, la Cavalerie, l'Artillerie et le Génie.

517. **MADOU**. Collection des Costumes de l'Armée Belge, en 1832 et 1833, dédiée au Roi, par Madou et Déro-Becker. *Bruxelles et Paris*. In-folio oblong, en feuilles.

Cette très belle collection, où nous retrouvons tout le savoir de Madou, se compose ainsi : Titre, dédicace, liste des souscripteurs, portrait du Roi formant frontispice non numeroté et 22 superbes lithographies coloriées. Le tout renfermé dans la couverture originale. Exemplaire parfait.

518. **Payen et Elliot**. Armée Belge. Dess. par Payen. Lith. Gerlier. Bruxelles, chez Mayer et Flateau (vers 1860). In-folio oblong, en feuilles. — Armée Belge, par L. von Elliot. *Bruxelles*, *Dosseray* (1873). In-folio obl., en feuilles.

La 1re série comprend 8 lithographies coloriées sur teinte. La seconde, 4 lithographies coloriées, sous forme de tableaux d'ensemble. En tout 12 pièces.

519. **Photographies**. Collection de 50 planches in-8 à un ou plusieurs personnages, donnant les costumes des différents corps (vers 1880).

DANEMARK

520. **Anonyme**. Danske Uniformer, 1864. *S. l.* In-12, cartonné.

Série de 15 petites lithographies coloriées, sans numéros, montées en album.

521. **Anonyme**. Cavalerie (1800). In-4, en feuilles.

Cette suite, sans titre, se compose de 16 planches gravées et gouachées, relevées d'or et d'argent, représentant un personnage à cheval. Les titres et les numéros sont manuscrits. De la plus grande rareté.

522. **Aquarelles**. Vorstellung der Konigl. Danischen Armee, in welcher von jedem Regimente, ein Officier und Gemeiner in ihrer Uniform abgebildet ist. — Vorstellung des Konigl Danischen See-Etats (Titres manuscrits). In-8, cartonné.

Recueil curieux et intéressant qui contient 58 dessins pour la première partie et 13 pour la seconde, à un ou deux personnages, avec titre. Bel état.

523. **Husher**. Collection des Uniformes militaires Danois, avec 6 feuilles supplémentaires, suivie d'un texte explicatif et d'un règlement de l'habillement des officiers en uniforme, par Th. Husher. *Copenhague* (1858). Grand in-4, cartonné.

Suite complète de 26 lithographies coloriées : planches de costumes, ou de détails.

524. **HYLLESTED**. Collection complète des uniformes de la marine et de l'armée danoise, par le lieutenant. H. C. Hyllested. *Altona*, 1829. In-folio, demi-rel., tr. dor.

Cet ouvrage fort rare se compose de 115 lithographies coloriées, couverture, titre, dédicace, table. La pl. 112 manque.

525. **Steen**. Den Danske Armee. 40 illuminerede blade. Chr. Steen & Son[s] Forlag. *Copenhague*, 1858. In-12, en feuilles.

Suite complète de 40 lithographies coloriées, et un titre.

526. **Vaupell**. Den Danske Hærs Historie til nutiden og den Norske Hærs Historie in til 1814. *Copenhague*, 1872-76. Deux vol. de texte et 1 vol. de planches. In-8, demi-rel.

Suite de 34 planches coloriées et 1 titre, signés Lund.

ESPAGNE

527. **Clonard**. Historia organica de las armas de Infanteria y caballeria espanolas. Por el Gal Conde de Clonard. *Madrid*, 1851-59. Seize vol. in-4, demi-rel.

Ouvrage intéressant, contenant plus de 200 planches en noir ou en couleurs, d'uniformes, armes, etc.

528. **Clonard**. Album de la caballeria Espanola desde sus primitivos tiempos hasta el dia, por el general Conde de Clonard. *Madrid*, 1861. In-folio oblong, en feuilles.

Suite de 69 lithographies coloriées, avec titre et texte.

529. **Clonard**. Album de la Infanteria Espanola desde sus primitivos tiempos hasta el dia, por el general Conde de Clonard. *Madrid*, 1861. In-folio oblong, en feuilles.

Suite de 92 lithographies coloriées, avec titre et texte, formant le complément de l'ouvrage précédent. L'index ne mentionne que 91 planches.

530. **Correspondance** du Marquis de Croix, capitaine général des armées de S. M. C., vice-roi du Mexique, 1737-1786. *Nantes*, 1891. In-4, broché.

Contient 2 portraits gravés.

531. **Soria Sta Cruz**. Album descriptivo del ejercito y la armada de Espana. Edicion de gran lujo. *Madrid, Fortanet*, 1884. Un vol. de texte, in-folio cartonné, et 32 planches en feuilles. Le tout réuni en un carton spécialement exécuté.

Collection complète. Les planches sont en chromolithographie.

532. **Zambrano**. Coleccion de uniformes del ejercito Espanol, dedicada al Rey N. S. por su Secretario Marq de Zambrano. *Madrid, R[l] Est. de Lith. ano de* 1830. Grand in-folio, en feuilles.

Suite de 1 titre orné de trophées et 21 lithographies en largeur, non numérotées. Exemplaire très frais.

HOLLANDE

533. **Boxel**. Exercitie Memorie van de Compagnie Guardes van Holland en West-Vrieslandt. Par Johan Boxel. *La Haye* (1669). Grand in-8 cartonné.

36 planches pour le mousquet, 20 pour la pique (1 restaurée), 18 pour les mouvements d'ensemble à la pique, 8 pour les mouvements d'ensemble au mousquet. Ensemble 82 planches.

534. **De Gheyn**. Waffenhandlung von den Roren Musquetten undt Spiessen... nach der Ordnung des... figurlichen abgebildet durch Jacob de Geyn. *Gedruckt ins Gravenhagen*, 1608. In-folio, veau.

L'ouvrage est divisé en 3 parties comprenant 42, 43 et 32 planches ; soit 117 au total. L'exemplaire est en coloris ancien. La pl. 21 de la première partie est détachée et en noir.

535. **MADOU**. Militaire Costumen van het Koninkryk der Nederlanden. Opgedragenaan zyne excellentie Wilhelm grave van Bylandt... Te Brussel (1825). In-4, cartonné.

Ouvrage comprenant 53 lithographies coloriées, de Madou et Courtois. La pl. 26 ne porte pas de numéro.

536. **Divers**. Doubles de la suite de Madou. — Garde civique de la Belgique. — Volontaire de Hainaut. Etc. 40 pièces en noir ou en couleurs.

537. **TEUPKEN**. Beschrijving hœdanig de Koninklijke Nederlandsche Troopen... door J. F. Teupken. *S'Gravenhage*, 1823. — Supplément... 1826. Petit in-folio, cartonné.

Ouvrage très connu, mais devenu rare *surtout avec son supplément*. Il contient le texte des deux parties, le titre gravé et les 68 planches décrites à la table, plus une planche de lits militaires.

538. **Van Gendt**. Beschrijving van de Uniformen van de Nederlandsche landmacht... *La Haye*, 1880. In-8, demi-rel.

Ce volume est accompagné d'une très grande planche en chromolithographie, donnant tous les types de l'Armée Hollandaise.

ITALIE

539. **Artaria**. L'Infanteria (et la cavalleria) del Regno d'Italia. H. Adam, aqua forti, 1812. *A Vienne, chez Artaria*. Grand in-folio.

Deux pièces formant le tableau général de l'Armée Italienne sous le Ier Empire. Non coloriées.

540. **Bisi**. Uniformi militari al 1° ottobre 1863, publicati per cura dell' Avv[to] Fr. Bisi. *Torino*. In-4, en feuilles.

Suite complète de 33 lithographies coloriées, couverture, titre et table. Les planches sont signées Luigi Crosio.

541. **Bosi**. Il Reggimento di Cavalleria Nizza, 1690-1890. *Milano*, 1890. In-4, broché.

Historique contenant les illustrations hors texte.

542. **Cenni**. Custoza, 1848-1866. Album storico artistico militare... par Quinto Cenni. *Milan, chez l'auteur* (1878-79). In-folio oblong, demi-rel.

Collection de 30 planches, lithographies teintées.

543. **Cenni**. L'Esercito Italiano, Schizzi militari raccolti e disegnati da Q. Cenni. *Milano* (1880). In-folio obl., en feuilles.

Suite de 12 lithographies coloriées, sur fond teinté, avec couverture illustrée.

544. **CENNI (Aquarelles originales de)**. L'Armée Pontificale, 1849-1870, et la Cour militaire du Pape. Par Quinto Cenni. *Milan*, 1884-1888. In-4 oblong, en feuilles.

Collection de 78 très belles aquarelles et 1 titre.

Cette importante série, ainsi que les suivantes, fut exécutée par le peintre militaire Italien Quinto Cenni.

Ces aquarelles forment un document très précieux, beaucoup des costumes y figurant n'ayant pas été reproduits par la gravure.

Chaque pièce représente plusieurs personnages à pied ou à cheval, poses et fonds variés: ce sont fréquemment des scènes de la vie militaire. Le fond montre souvent une vue de ville.

Ces suites sont complètement inédites.

545. **CENNI**. Le R. Truppe del Ducato di Parma dal 1849 al 1859. Di Quinto Cenni. *Milano*, 1885-1887. In-4 oblong, en feuilles.

Cette suite comporte un titre et 40 aquarelles à plusieurs personnages, poses variées. Signées et datées.

546. **CENNI**. Le I[i] et R[i] Truppe del Granducato di Toscana dal 1849 al 1859. Da Quinto Cenni. In-4 oblong, en feuilles.

Série comprenant un titre et 40 aquarelles signées et datées. Personnages à pied ou à cheval.

547. **Cenni**. Le R[i] Truppe del Ducato di Modena, 1849-1859, et la Brigata Estense, 1859-1863. Da Quinto Cenni. *Milano*. In-4 oblong, en feuilles.

Suite contenant un titre et 22 aquarelles signées et datées. Personnages à pied ou à cheval.

548. **Cenni**. L'Armata Sarda nel 1859, per Quinto Cenni. *Milano*, 1883. In-4, en feuilles.

Suite contenant un titre et 42 aquarelles signées et datées, à plusieurs personnages.

549. **Cenni.** Troupes de la République de San-Marino, en 1858-1864 et 1887. Par Quinto Cenni. In-4 oblong, en feuilles.

Cette petite série contient 4 aquarelles à plusieurs personnages. Signées et datées.

550. **Cenni.** Volontari Italiani, 1848-1866. Par Quinto Cenni. In-4, en feuilles.

Suite des plus intéressantes, comprenant un titre et 41 aquarelles à plusieurs personnages. Signées et datées.

551. **Cenni.** Gouvernements provisoires : Toscane et Emilie, 1859-1860. Par Quinto Cenni. In-4, en feuilles.

Suite importante, composée de 1 titre et 31 aquarelles signées et datées. Scènes variées.

552. **Cenni.** Esercito Italiano, 1860-1870. Par Quinto Cenni. In-4, en feuilles.

Suite intéressante, qui contient 60 aquarelles signées et datées, dont un titre. Personnages à pied ou à cheval.

553. **Cenni.** L'Esercito Italiano, 1871-1880. Par Quinto Cenni. In-4, en feuilles.

Série contenant 40 aquarelles, dont un titre, signées et datées, à plusieurs personnages.

554. **Cenni.** L'Esercito Italiano, 1881-1886. Par Quinto Cenni. In-4 oblong, en feuilles.

Cette collection importante se compose de 1 titre et 100 aquarelles signées et datées, auxquelles on a joint 2 aquarelles pour la Principauté de Monaco. Soit en tout 103 pièces.

555. **Cenni.** R° Esercito Italiano, 1887-1890. Par Quinto Cenni. In-4, en feuilles.

Suite comprenant 64 aquarelles, dont un titre, signées et datées. Scènes militaires variées.

556. **Cenni.** Esercito Italiano, 1891-1894. Par Quinto Cenni. In-4, en feuilles.

Suite contenant un titre et 75 aquarelles signées et datées. Scènes de la vie militaire.

557. **Cenni.** État-Major, 1895. Una giornata di grandi manovre in Italia, 1895. Di Quinto Cenni. *Milano.* In-4 oblong, en feuilles.

La première série contient 9 aquarelles sur l'État-Major. La seconde, fort curieuse, comprend un titre et 80 aquarelles très intéressantes. Elles représentent une journée de manœuvres et donnent les modifications dans l'uniforme. Ensemble 90 aquarelles.

558. **Cenni**. Regio Esercito Italiano, 1898. Reppressione e Stato d'Assedio. Par Quinto Cenni. In-4 oblong, en feuilles.

Cette série, exécutée d'après des croquis faits pendant les troubles de Milan, contient 38 jolies aquarelles et un titre. Elle représente les scènes de la rue avec des détails d'une grande précision.

559. **Cenni**. Il regio Esercito Italiano a Candia, 1896-1899. — Troupes Italiennes, 1899. Par Quinto Cenni. In-4 en feuilles.

La première série comprend 4 aquarelles et la seconde 15, signées et datées.

560. **Cenni**. Storia inedita di un Reggimento di Cavalleria, 1859-99 (10e Lanciers). Per Quinto Cenni. *Milano*. In-4, en feuilles.

Suite de 1 titre et 20 aquarelles signées.

561. **Cenni**. Modifications à l'uniforme des troupes italiennes (1900). Par Quinto Cenni. In-4, en feuilles.

Série de 34 aquarelles sur les modifications aux troupes actives et territoriales.

562. **Cenni**. Modifications à l'uniforme des troupes italiennes (1901). Par Quinto Cenni. In-4, en feuilles.

Collection de 25 aquarelles. Scènes de la vie militaire.

563. **Comba**. Armée Italienne (1860). *S. l. n. d.* In-12, en feuilles.

Suite de 32 lithographies coloriées à un personnage.

564. **Costumes civils**. Raccolta de vestimenti ed arte di Napoli. Travaglio del Sig. Michele del Giudice, Regio designatore. *Napoli*. In-4, demi-rel. toile.

Suite de 123 aquarelles avec encadrements et 52 à fond blanc (ensemble 175 pièces) sur les Costumes civils de Naples et de la province.

565. **Divers**. Armée italienne en 1809. — Costumes de Toscane, par Levilly, 1826, etc. Formats divers.

Réunion de 35 planches, noires ou coloriées.

566. **Focosi**. Rassegna... (Parades), 1797-1812. *Milano*, 1845, *presso Borroni e Scotti*. In-folio oblong, en feuilles.

Collection de 5 lithographies coloriées. R. Focosi dis.; Milano, lith. Corbetta.

Elles sont très soignées et fort intéressantes au point de vue costumes et aussi comme faits historiques. Voici leurs titres :

A. Revue de la Milice, à Milan, par Bonaparte, 1797.
B. Revue de la Milice Cisalpine, par Murat, à Monza, 1801.
C. Revue de la Milice Italienne, par l'Empereur Napoléon, au camp de Montechiaro, 1805.
D. Revue de la Marine Italienne, à Venise, par l'Empereur Napoléon, 1807.
E. Revue de la Milice Italienne, à Milan, par le Prince Eugène, 1812.

567. **Grimaldi**. Troupes Italiennes, vers 1850. Conte Stanislao Grimaldi inv. e dis. 5 lithographies coloriées. Grand in-folio, de forme ovale.

568. **Zanelli**. Il reggimento Piemonte Reale cavalleria, 1692-1892. Città di Castello, 1892. In-4, broché.

Historique orné d'illustrations hors texte.

NAPLES ET SARDAIGNE

569. **Anonyme**. Régiments d'Infanterie et Garde Royale, en grand et petit uniforme, vers 1820 (Royaume de Naples). Sans nom d'auteur, ni indication de lieu. In-4, dérelié.

Ouvrage fort curieux et certainement très rare. Il se compose de 42 lithographies coloriées. Plusieurs planches, surtout les Tambours-Majors et Musiciens, sont enluminées avec un soin extrême et peuvent être considérées comme de véritables gouaches.

570. **Aquarelles**. Troupes Napolitaines, 1825. In-folio, en feuilles.

Collection de 14 très belles aquarelles par Auria, avec titres en italien. Les figures, exécutées avec un soin remarquable, mesurent environ 260 mill.

On y a joint une lithographie coloriée : Garde du Corps.

571. **Zezon**. Tipi militari dei differenti corpi che compogono il reale esercito e l'armata di mare di S. M. il Re del regno delle due Sicilie; per Antonio Zezon. *Napoli*, 1850. In-folio, en feuilles.

Ouvrage complet en 85 planches, lithographies coloriées sur teinte, avec bordure dorée. Chaque figure a son texte explicatif.

572. **Anonyme**. Truppe Piemontesi. *S. l. n. d.* (vers 1814). Grand in-8, en feuilles.

Intéressante et rare collection de 26 planches gravées, coloriées et rehaussées d'or et d'argent, à un ou deux personnages à pied. Grandes marges.

573. **Aquarelles**. Divers types de fantassins (1792). Sans titre. Grand in-8, en feuilles.

Suite de 18 belles aquarelles sans signature. Elles représentent un personnage à pied, sans aucun texte. Jolie série concernant l'Armée Sarde.

574. **Galateri**. Armata Sarda. Uniformi antichi e moderni. Album dedicato a S. M. il Re Carlo Alberto, dal Cav. P. Galateri. L'anno 1844. *Torino*, 1846. In-folio oblong, en feuilles.

Collection complète de : Titre, table et 33 lithographies coloriées sur teinte, donnant les costumes de l'Armée Sarde sous forme de tableaux synoptiques, depuis 1565 jusqu'à 1844.

575. **Maggi**. Uniformi militari dell'armata di S. M. Sarda. Publicati per cura di Gio. Batta. Maggi. *Torino*, 1844. In-folio, demi-rel. Planches montées sur onglets.

Couverture, titre avec table au dos et série complète de 30 lithographies coloriées, sur teinte. Elles portent presque toutes les signatures de Gonin et Pedrone.

576. **Rostagno**. Armata Sarda, 1844. Gottardo Rostagno inv. Deux lithographies coloriées, grand in-folio, faisant pendants.

Elles fournissent le tableau général des troupes Sardes en 1844.

POLOGNE

577. **Anonyme**. Annuaire de l'Armée royale Polonaise, pour l'année 1825 (Titre en polonais). *Varsovie*. Lith. de l'État-Major. In-12. Reliure *aux armes*, tr. dor.

Ce volume contient, outre le texte, 50 lithographies coloriées, titre en polonais, donnant l'uniforme des différentes armes.

578. **Gembarzewski**. Sergent porte-fanion du 7e Régnt. — Fusilier du 4e Régnt. — Officier des voltigeurs du 9e Régnt. Pologne. Trois aquarelles originales, signées et datées : B. G., 1897.

579. **Heideloff**. Militaire Polonais (vers 1830). Heideloff del., Fleischmann sc. Nurnberg, bei Fr. Campe. In-4, cartonné.

Cette suite rare comprend 12 gravures coloriées. Le titre est en allemand et en français.

580. **LEX**. Uniformes de l'Infanterie Polonaise (1825). D'après le « Recueil de dessins d'uniformes » de L. C. Lex, 1825, à la Generalstabs Bibliothek de Berlin. In-folio, en feuilles.

Suite complète de 14 aquarelles exécutées par Giersberg, d'après ce célèbre recueil. Les planches mesurent 350 × 270 mill. Elles représentent 2 ou 3 personnages à pied, poses variées. Superbes pièces, admirablement traitées et de la plus parfaite exactitude.

581. **Lœillot**. Portrait équestre du Cte Potocki, en costume d'officier d'artillerie. Lithographié par Lœillot. Grand in-folio.

Très belle épreuve coloriée, sur chine.

RUSSIE

582. **Adam**. Voyage pittoresque et militaire de Willenberg en Prusse jusqu'à Moscou. Fait en 1812, pris sur le terrain même et lithographié par Albert Adam. *Munic*. 1827. In-folio, en feuilles.

Exemplaire complet : texte explicatif, 3 portraits et 95 lithographies. Piqûres.

583. **Adam**. Armée Russe (1830). Lith. par V. Adam. *Moscou, chez Daziaro*. In-8, en feuilles.

Suite de 72 lithographies noires ou coloriées. Quelques numéros remis au crayon.

584. **Aquarelles**. Uniformes et drapeaux des quatorze régiments de Strelitz qui se trouvaient à Moscou en 1674, d'après le manuscrit conservé dans les archives d'État de Suède. Copie faite vers 1842. In-folio, en feuilles.

Collection de 14 aquarelles à un personnage portant un drapeau. Titres en russe. On y joint 5 sépias de la même collection.

585. **Armée Russe**, 1857-1865. Lithographies avec texte russe. In-folio, en feuilles.

Réunion de 35 planches et deux doubles.

586. **ARTARIA**. Tableau général de la Cavalerie Russe. — Revue de l'Infanterie Ire Russe, devant le Palais de la Cour à Pétersbourg. *A Vienne, chez Artaria* (vers 1810). Grand in-folio.

Pendants coloriés avec le plus grand soin. Superbes planches de la belle série d'Artaria. Un coin de marge restauré.

587. **Augsbourg**. Série sans titre. Au bas de la 1re feuille, on lit : Nach der natur abgebildet in dem Lager vor Augsburg d. 3 Aug. 1799. In-8 en feuilles.

Cette suite contient 8 gravures coloriées, à plusieurs personnages, scènes variées de la vie militaire russe. Rare.

588. **Balachev**. Dessins d'uniformes de l'histoire du Régiment de Cuirassiers de la Garde de S. M. l'Empereur, 1702-1871. *Saint-Pétersbourg, Balachev*, 1872. In-folio, en feuilles.

Suite de 1 titre et 25 chromolithographies numérotées, à plusieurs personnages. Inscriptions en russe avec traduction au dos.

589. **Balachev**. Garde Impériale. Régiment d'Infanterie de Tenghiusk. Grenadiers de Moscou. Grenadiers de Paul. Régiment de Paul de la Garde. Lith. du Musée de la Direction générale de l'Intendance. In-folio, en feuilles.

Suite numérotée comprenant 20 planches, chromolithographies de Konrad ou de Barichev.

590. **Campagne du Danube**. Épisodes de la bataille d'Oltenitza, 1853. Titres et noms d'artistes en russe. In-folio, en feuilles.

Suite de 5 belles lithographies coloriées. Une est remargée.

591. **Description** de l'uniforme et de la tenue de rang arrêtées par décision de S. M. l'Impératrice. *Imprimé à St Pétersbourg*, au Collège militaire de l'Empire, 1764 (traduction du titre russe, qui manque). In-8, cartonné.

Cet ouvrage contient 59 planches, gravées et coloriées, d'habits et de schabraques des différents grades d'officiers. Titres en russe. Exemplaire interfolié anciennement. Peut-être comporte-t-il un texte.

592. **Description** de l'habillement, équipement et armement des officiers de l'armée impériale russe. *S. l. n. d.* (1860). In-folio oblong, en feuilles.

Collection de 92 chromolithographies avec texte explicatif. Publication officielle, tirée à très petit nombre.

593. **DESCRIPTION** historique de l'habillement et de l'armement des troupes russes, depuis l'an 862 jusqu'à 1855, avec figures. Rédigée par ordre de S. M. l'Empereur. *Saint-Pétersbourg*, Typographie militaire, 1842-1862. Trente vol. in-folio, en feuilles.

Ouvrage très important, qui ne contient pas moins de 3935 *planches* en lithographie. Le titre de chaque pl. est traduit en français au verso. Le texte a également été traduit et est relié en 9 vol.

Les volumes de texte russe ne sont pas reliés. Les 30 vol. de planches sont réunis en 20 cartonnages exécutés spécialement.

Le tome 30 seul est défectueux. Il n'a pas de texte (mais il en a la traduction française), et il n'a que 91 pl. au lieu de 162, soit 71 manquantes.

Cet ouvrage colossal est un véritable monument du costume militaire en Russie; il ne fut pas mis dans le commerce, mais donné seulement aux grands personnages, ainsi que le suivant.

594. **MODIFICATIONS** dans l'habillement et l'armement des troupes de l'armée impériale russe, à dater de l'avènement au trône de S. M. I. Alexandre Nicolaiévitch. Fait par ordre de Sa Majesté. *Saint-Pétersbourg*, 1857-1880. Quatre vol. in-folio de texte reliés et 5 cartons de planches. — Supplément aux modifications... etc. *St-Petersbourg*, 1862-1880. Planches in-folio, en feuilles.

Cette magnifique publication, qui fait suite à la précédente, est complète en 661 chromolithographies; et son Supplément également complet en 44 pièces. Soit un total de 705 planches.

Chaque feuille de costume a son texte en russe et en français. Nous joignons à ce superbe exemplaire la traduction française du texte, reliée en 10 volumes.

595. **Détails du Costume**. Suite complète de 66 planches en chromolithographie présentant sous forme de trophées, l'habillement, la coiffure, l'équipement, le harnachement et l'armement de l'armée russe par Division. Vers 1880. In-folio oblong, en feuilles.

596. **Divers**. Régiment Semenowski, 1700-1730. — Régiment 1730-1838. Lith. de Van Dohlen. Titres en russe. In-8, en feuilles.

Deux séries de lithographies, contenant ensemble 45 planches. Incomplet.

597. **Divers**. Soldats Baschkirs à Hambourg, 1814. — Troupes cosaques en marche. — Camp de Cosaques du Don. Grand in-folio.

Lot de 5 pièces, en noir ou en couleurs.

598. **Divers**. Cavalerie impériale russe (Banco). — Officier de Dragons et trompette. — Planches dépareillées d'Eckert et Monten. In-folio.

Réunion de 17 pièces en noir et en couleurs.

599. **Divers.** Nicolas Ier, empereur, entouré de personnages illustres. Grande lithographie. — Planches diverses, noires et coloriées. Lot de 53 pièces.

600. **ECKERT et MONTEN**. Les Armées d'Europe représentées en groupes caractéristiques..... RUSSIE. *Wurzbourg, chez Christian Weiss* (vers 1835). In-folio, en feuilles, tr. dorées.

Importante collection comprenant : 2 planches d'ordres militaires, 30 aperçus ou schema et 107 planches de costumes, *en édition de luxe*, montées sur feuilles avec encadrement lithographié, et texte en français.

On y a ajouté 5 planches doubles, mais donnant des différences de costumes, plus 4 feuilles supplémentaires de portraits.

601. **Garde.** Régiment des Chasseurs de la Garde et des Dragons de la Garde. Lith. du Musée de la Dir. générale de l'Intendance. In-4, en feuilles.

Suite de 16 lithographies en couleurs donnant les costumes de ces deux Régiments, de 1814 à 1850.

602. **GARDE IMPÉRIALE.** Collection des uniformes de l'armée impériale russe. *S. l.* (1830). In-folio, en feuilles.

Collection de 123 planches et lithographies coloriées, et 1 titre illustré. L'ouvrage est divisé en deux parties. La première contient 10 livraisons de chacune 6 planches, sauf la dernière qui n'en a que cinq. La seconde partie contient 11 livraisons de 6 planches, sauf la dernière qui n'en a que quatre. Mais nous ignorons si ces trois planches manquent réellement. Chaque feuille a son titre en russe et en français.

Superbe suite, très rare.

603. **Garde Impériale** Russe. Par autorisation de S. M. l'Empereur. *St-Pétersbourg, chez Daziaro* (1845). Grand in-folio, en feuilles.

Suite de 6 magnifiques lithographies, coloriées avec le plus grand soin, portant texte russe et français.

Elles sont de Huot et Chevalier, d'après Ladurner et Charlemagne. Les costumes sont groupés sous forme de tableaux. Une planche restaurée.

604. **Gardes à cheval**, 1731 à 1848. In-4, en feuilles.

Collection de 25 lithographies coloriées et dorées, avec texte russe. La traduction est au dos. La pl. 2 est plus courte et en noir.

605. **GEISLER**. Représentation des uniformes de l'armée impériale de la Russie en 88 estampes enluminées, 1793. In-8, veau.

Livre très rare, dont voici la composition : Titre en russe, allemand et français, table également en trois langues, titre gravé et suite complète de 88 gravures coloriées. Bel exemplaire, imprimé sur papier fort.

606. **Genty** (1re suite). Costumes militaires. Infanterie Russe (1815). *A Paris, chez Genty*. Petit in-4, en feuilles.

Collection complète de 22 planches coloriées moins le 21 à grandes marges, sauf la dernière, avec le frontispice. On y a joint 15 doubles en noir. Ensemble 37 planches.

607. **Goubarev.** Dessins de l'histoire du régiment de Uhlans de la Garde de S. M. l'Empereur. 1818-1876. *Saint-Pétersbourg*. In-folio, en feuilles.

Suite de 20 planches numérotées, chromolithographies composées par Goubarev, exécutées par Konrad. Titres russes traduits au dos.

608. **Goubarev.** Dessins de l'histoire du Régiment de Hussards de la Garde de S. M. l'Empereur, 1775-1857. *Saint-Pétersbourg*, 1859. In-folio, en feuilles.

Suite comprenant 24 planches numérotées, chromolithographies composées par Goubarev et exécutées par Konrad. Titres en russe, traduits au dos des planches.

609. **Histoire** du 2me Corps des Cadets (titre en russe), de 1701 à 1862. *Saint-Pétersbourg*, 1862. In-8, cartonné.

Orné de 2 portraits et 9 lithographies sur chine, signées Fernlund.

610. **IEBENS**. Armée Russe. 1854-1862. Par A. Iebens. Impr. de la Chronique militaire russe. Impérial folio en travers. En feuilles.

Collection de 54 très grandes lithographies en noir (une en couleurs). On y joint 2 doubles coloriées. Ensemble. 56 planches.

611. **KIEL.** Armée Russe, 1815-1818. Par L. Kiel. Paul sc. et aussi Levachez sc. Sans titre, ni lieu de publication. Petit in-folio, en feuilles.

Jolie suite, très soignée, comprenant 46 planches gravées et coloriées. Les inscriptions sont en français. Une pièce est en noir.

612. **Konrad**. Dessins de l'Histoire du Régiment de Finlande de la Garde, 1806-1881. Lith. du Musée de la Direction générale de l'Intendance. In-folio, en feuilles.

Suite de 5 chromolithographies en largeur et 8 portraits également en couleurs, plus un titre.

613. **Konrad**. Dessins de l'histoire du bataillon de Sapeurs de la Garde, 1812-1876. Lith. du Musée de la Direction générale de l'Intendance. In-folio oblong, en feuilles.

Série de 5 chromolithographies. et un titre.

614. **Konrad**. Dessins de l'histoire du Régiment de Volkyrie de la Garde, 1818-1880. In-folio oblong, en feuilles.

Suite de 5 chromolithographies, nombreux personnages.

615. **Le Prince**. Les Strelits. Ancienne et seule milice de Russie jusqu'au temps de Pierre le Grand. Dessinés et gravés à l'eau-forte par J.-B. Le Prince, 1764. In-8, en feuilles.

Suite de 8 planches numérotées.

616. **PAJOL.** Armée Russe, 1856. A Sa Majesté Nicolas Ier, Empereur de toutes les Russies. Par le Cte Pajol. *Saint-Pétersbourg* (1856). In-folio, en feuilles.

Exemplaire superbe et bien complet. Il comprend : Titre, faux-titre, dédicace, 21 feuilles de détails, tableaux ou schema, et 56 planches, lithographies coloriées. Il contient encore 12 planches doubles avec de grandes variantes. Les noms d'imprimeurs sont : Aug. Bry, A. Godard et Lemercier. Ouvrage très rare complet.

617. **Piratzky.** Les Hussards de la Garde, 1818-1826-1849-1868. Grand in-folio, en largeur.

Suite de 4 belles lithographies coloriées donnant les changements d'uniformes de ce beau corps.

618. **RÉGIMENT DE LA GARDE ISMAILOWSKI.** 1° Dans l'année où S. A. I. le G[d] Duc Nicolas Paulovitch a été nommé chef du Régiment, 1800. — 2° Dans l'année où S. A. I. le G[d] Duc Nicolas Paulovitch a été désigné pour le commandement de la 2[e] brigade d'Infanterie de la Garde, 1818. — 3° L'année du Cinquantenaire du jour où S. A. I. l'Empereur Nicolas Paulovitch a été nommé chef du Régiment, 1850. Dédié à S. A. Sérénissime le Prince Alexis Ivanowitch Tschernicheff. *S. l. n. d.* In-folio, en feuilles.

Splendide série de 3 planches en lithographie, coloriées et relevées d'or et d'argent, montées sur bristol avec titre en or. La traduction du texte est au dos.

Cette suite est inconnue au commerce. Il n'en existe que 3 exemplaires coloriés : celui de l'Empereur; celui de l'Héritier; celui-ci, qui provient de l'ancien ministre de la guerre Tschernicheff.

Ces planches furent publiées avec un luxe incomparable.

619. **TROUPES DE LIGNE.** Collection de 10 planches grand in-folio en largeur, en lithographies coloriées. *S. l. n. d.* (vers 1845-1855). En feuilles.

Ces belles planches représentent sous forme de tableaux les costumes des différents corps de l'Armée Russe. Le texte est en russe. Le nom des corps est traduit au verso. Très rares.

620. **P. VERNET.** Galerie militaire, ou collection complète des uniformes de la Garde Impériale Russe. *S. l. n. d.* (1840-1842). Grand in-folio, en feuilles dans le carton d'édition.

Collection très rare, comprenant 56 lithographies coloriées, presque toutes signées P. Vernet et imprimées par Aug. Bry, ou Lith. Steinbach, rue des Pois, à Saint-Pétersbourg. Elles sont dans des encadrements à trophées et ont le titre en français. Deux pl. restaurées dans le bas. Cachet de San Donato sur une planche.

621. **Weber.** Réunion de 8 planches in-4 en hauteur, gravées sur cuivre et bien coloriées, à plusieurs personnages, scènes et fonds variés. Elles portent comme indication, au bas à gauche : Nach der natur gezeichnet durch Thomas Weber in Augsburg, 1799. Rares.

On y joint 2 planches de même format, mais avant la lettre et non coloriées. Au total, 10 pièces en feuilles.

SUÈDE ET NORVÈGE

622. **Anonyme**. Armée Suédoise en 1836. *S. l. n. d.* In-8, cartonné.

Cette suite, sans titre ni numéros, ni nom d'auteur, ni adresse, contient 20 lithographies coloriées, représentant chacune 2 officiers à pied des différents corps, plus 3 planches de détails : épaulettes, boutons, harnachement.
Ensemble 23 pièces.

623. **Armée Suédoise**. Collection de 30 chromolithographies in-12, sur papier teinté. Reproduction faite en 1880, avec quelques modifications d'uniformes, de la collection *Fritze* (1864).

624. **Dardel**. Svenska och Norska Armeerna samt Flottorna i deras nuvarende Uniformering; af Fr. v. Dardel. Stockholm, Bonnier, 1863. In-folio, en feuilles, dans le cartonnage d'édition.

Ouvrage complet, contenant 6 notices en français et 36 lithographies coloriées, à fond teinté. Les planches ont été imprimées chez Lemercier.

625. **ECKERT et MONTEN**. Les Armées d'Europe représentées en groupes caractéristiques et dédiées à S. M. Imp. et R[le] Nicolas Ier... par H. A. Eckert. SUÈDE. *Wurzbourg, chez Ch. Weiss* (vers 1835). In-folio, en feuilles.

Titre et 40 planches coloriées, avec texte allemand et français.

626. **Havin**. Tracés des objets d'habillement et d'équipement à l'usage de l'Armée Norvégienne (vers 1880). In-4, en feuilles.

Suite de 21 dessins à la plume, par Havin, numérotés. Texte en norvégien.

627. **Mankell**. Anteckningar rorande Svenska Regementers Historia, af J. Mankell. Stockholm, 1864. In-folio, en feuilles, dans le cartonnage de publication.

Table, texte historique et 44 planches en chromolithographie avec encadrements. Quelques planches sont doubles avec changements dans l'uniforme. Elles proviennent d'une édition postérieure qui ne fut jamais achevée.

628. **Roos**. Samling af Swenska Armeens Uniformer. Recueil des Uniformes de l'Armée Suédoise. Composé et dessiné par G. Roos, 1788. In-8 carré, en feuilles.

Collection de 33 aquarelles, à 2 figures à pied, exécutées en fac-similé par Neumann à Dresde.

629. **Schutzercrantz**. Svenska Krigsmartens, fordna och narvarande Munderingar... af Adolf Schutzercrantz. Stockholm, Mayer, 1849. Petit in-folio oblong, en feuilles.

Suite de 1 titre et 36 lithographies coloriées à plusieurs personnages, donnant, sous forme de tableaux synoptiques, les costumes de l'Armée Suédoise, de 1700 à 1850.

630. **Wetterling**. Kongl. Svenska Armeens Uniformer atgisne Ar 1825. Ritat af Wetterling. Stentr af C. Muller. In-folio, cartonné.

Suite contenant 23 lithographies coloriées, dont 2 se dépliant. Bel exemplaire.

SUISSE

631. **Bachelin**. La Principauté de Neuchâtel (1806-1814) et le bataillon de Neuchâtel. Notice historique par A. Bachelin. *Neuchâtel, s. d.* In-4, cartonné.

Orné de deux planches en noir et une en couleurs.

632. **Beck**. Schweizer Militair Album. Dusseldorf (1850). In-4 oblong, en feuilles.

Titre et 12 lithographies coloriées sur teinte.

633. **Divers**. Costumes de différentes armes. — Tableaux d'ensemble. 15 pièces en noir ou en couleurs.

634. **ECKERT et MONTEN**. Les Armées d'Europe représentées en groupes caractéristiques. SUISSE. *Wurzbourg, chez Ch. Weiss* (vers 1835). In-folio, en feuilles.

Collection de 16 planches coloriées. Une des plus rares séries d'Eckert et Monten.

635. **Essai historique** sur le Rég^{nt} Suisse de Meuron, publié par l'arrière-petit-neveu du général de Meuron. *Neuchâtel*, 1885. In-8, cartonné.

Historique orné de planches coloriées.

636. **Estoppey**. L'Armée Suisse. *Genève*, 1894. In-folio. Texte cartonné et planches en feuilles.

Suite complète de 34 planches en chromolithographie.

637. **FEYERABEND**. Costumes militaires des Cantons. Sur la 1re planche, on lit : Zu haben bey Franz Feyerabend... 1792. In-folio, en feuilles.

Cette collection, de la plus haute rareté, comprend 26 planches gravées et gouachées, à un personnage à pied. Au bas, le nom et le grade, avec les armes du Canton. Cet exemplaire n'a que la marge du cuivre, mais il est d'une fraîcheur exceptionnelle.

On y a joint : 1° Une gouache du même auteur, signée, représentant un Grenadier au port de l'arme. Fond avec scène de camp. Jolie pièce. — 2° Une brochure in-12 avec un costume colorié : Wachtmeister aus der Zurcher Compagnie, 1792.

638. **Ch. de Méchel**. Ecole du Soldat et de Peloton. Nouvelle édition enrichie de 13 planches. Par Chrétien de Méchel. *A Basle, chez l'auteur*, 1799. In-8, cartonné.

Livre comprenant 13 planches se dépliant, accompagnées de texte et d'une explication des planches.

639. **Perron**. Armée Suisse. Types militaires dessinés par Ch. Perron. *Genève* (1862). In-folio, en feuilles.

Suite complète de 15 lithographies coloriées, avec la couverture de publication.

640. **Samlung** der neu Jahr hupferen von der Militarischen Gesellschaft, in Zurich, 1744-1798. In-folio oblong, cartonné.

Collection de 53 planches gravées (au lieu de 55), représentant divers sujets militaires. Ces planches paraissaient annuellement. Les années 1792 et 1794 manquent.

641. **VOLMAR**. Les Uniformes de l'Armée Suisse. État-Major fédéral et contingents des cantons de Bâle-campagne et d'Argovie, 1830 à 1847 (titre manuscrit). In-4 oblong, en feuilles.

Cette suite se compose de 11 aquarelles par E. Volmar, d'après des tableaux de l'arsenal de Liestal. Trois à cinq figures à pied, poses variées.

642. **Volmar**. L'Armée Suisse. 30 planches représentant les uniformes et l'équipement des divers corps de troupes, dessinées et peintes par Emile Volmar. Aarau, 1880 (titre manuscrit). Grand in-4 oblong.

Recueil de 30 aquarelles, plus 3 supplémentaires, par Volmar, à plusieurs personnages. Excellent document.

643. **Volmar**. Milice cantonale de Zurich, 1825-1830. — Costumes d'après les originaux des Musées suisses. Aquarelles de divers formats.

Lot de 9 pièces. Détails intéressants.

644. **E. Wolf**. Schweizerische Armee. Basel, bei G. Wolf. In-folio, en feuilles.

Suite complète de 10 lithographies coloriées, publiées vers 1830.

AQUARELLES

645. **Anonyme**. Portrait d'un Officier. Toile (310 × 235). Fin XVIIIe siècle. Encadrée.

646. **Anonyme**. Portrait d'un Officier en cuirasse (Fin Louis XV). Pastel. Ovale. Encadré.

647. **Anonymes**. Dragons. Tenues diverses, 1884-86. Douze peintures sur panneaux de bois ou carton (330×230), réunies deux à deux dans 6 cadres.

648. **Anonymes**. Cuirassiers. Tenues diverses, 1884-85. Huit peintures sur panneaux de carton (330 × 230), réunies deux à deux en 4 cadres.

649. **Bachelin**. Tambour. France. Infanterie. Grande tenue (455 × 260). Dessin à la pierre noire, avec rehauts de blanc et de couleurs. Signé : *A. Bachelin*. Sous verre.

650. **Draner**. Grenadier de la Garde, petite tenue. France, 1812 (310 × 192). Aquarelle. Signée. Sous verre.

651. **Draner**. Infanterie de ligne, petite tenue. France (255 × 182). Aquarelle. Signée. Sous verre.

652. **DUPRAY** (H.). Sapeur. Maréchal des Logis. 1er Hussards. Empire (310 × 210). Aquarelle. Signée. Encadrée.

653. **Dupray** (H.). Officier des Chevau-légers Polonais. Empire (310 × 210). Aquarelle. Signée. Encadrée.

654. **Dupray** (H.). Chevau-léger Lancier. Empire (310 × 210). Aquarelle. Signée. Encadrée.

655. **Dupray** (H.). Capitaine. 5e Chasseurs à cheval. Empire (310 × 210). Aquarelle. Signée. Encadrée.

656. **Dupray** (H.). Officier des Marins de la Garde. Revue à Saint-Omer, 1807 (310 × 210). Aquarelle. Signée. Encadrée.

657. **Dupray** (H.). Cie des Guides interprètes de l'armée, 1807 (310 × 210). Aquarelle. Signée. Encadrée.

658. **Dupray** (H.). Hussard. 8e Régiment, 1840 (310 × 210). Aquarelle. Signée. Encadrée.

659. **Dupray** (H.). Brigadier. 9e Hussards. 1844. Avec schako de 1843 (310 × 210). Aquarelle. Signée. Encadrée.

660. **Dupray** (H.). Trompette. 2e Hussards. 1853 (310 × 210). Aquarelle. Signée. Encadrée.

661. **Dupray** (H.). Hussard. 1er Régiment. Tenue de Crimée, 1855 (310 × 210). Aquarelle. Signée. Encadrée.

662. **Dupray** (H.). Brigadier. 4e Hussards. 1856 (310 × 210). Aquarelle. Signée. Encadrée.

663. **Dupray** (H.). Sous-chef de musique. 8e Hussards. 1855 (310 × 210). Aquarelle. Signée. Encadrée.

664. **Dupray** (H.). Maréchal des Logis chef. 6e Hussards. 1853-59 (310 × 210). Aquarelle. Signée. Encadrée.

665. **Dupray** (H.). Chef de musique. 1er Hussards. 1859-60 (310 × 210). Aquarelle. Signée. Encadrée.

666. **Dupray** (H.). Musicien. 8e Hussards. 1860-70 (310 × 210). Aquarelle. Signée. Encadrée.

667. **Dupray** (H.). Trompette. 7e Hussards. 1860-70 (310 × 210). Aquarelle. Signée. Encadrée.

668. **Dupray** (H.). Hussard. 4e Régiment. 1860-70 (310 × 210). Aquarelle. Signée. Encadrée.

669. **GEMBARZEWSKI.** Officier des Chevau-légers Polonais de la Garde de Napoléon Ier (1807-1814), dans l'uniforme blanc de grande tenue (390 × 270). Aquarelle. Signée et datée : *B. G. 96*. Encadrée.

Publiée dans le No 53 (mai 1897) du *Carnet de la Sabretache*.

670. **Gembarzewski.** Officiers des Chevau-légers Polonais de la Garde ; et Sous-officier, tenue de route. Campagne de 1812 (390 × 270). Aquarelle. Signée et datée : *B. G.* 1896. Encadrée.

Publiée dans le No 56 (août 1897) de la *Sabretache*.

671. **Gembarzewski**. Trompette du 3e Régiment de Chevau-légers de la Garde. Campagne de 1813 (390 × 270). Aquarelle. Signée et datée : *B. G.* 1896. Encadrée.

Publiée dans le N° 63 (mars 1898) de la *Sabretache*.

672. **Gembarzewski**. Officier de l'escadron des Tartares: Chevau-légers de la Garde. Campagne de 1813 (390 × 270). Aquarelle. Signée et datée : *B. G.* 96. Encadrée.

Publiée dans le N° 64 (avril 1898) de la *Sabretache*.

« L'uniforme ici représenté diffère sensiblement de celui dessiné par H. Vernet, dont l'ouvrage de Fieffé contient la description. Certains passages relevés dans les papiers du Gal Dautancourt semblent expliquer cette divergence par la confection d'un nouvel uniforme en 1813. Ils prouvent que l'uniforme tout spécial des Tartares, cet escadron mahométan que l'Empereur voulut sans doute donner comme pendant à celui des Mamelouks, fut porté jusque dans la campagne de France. » Note du Gal Vanson, dans la *Sabretache*.

673. **Lefebvre de Montjoye**. Avant-poste. Au loin, vue du campement près d'un village (200 × 315). Aquarelle signée des initiales. Encadrée.

674. **MONNIER** (H.). Colonel d'Infanterie. 1843 (212 × 135). Aquarelle. Signée et datée : *Henry Monnier. La Chaux-de-Fonds*, 1843. Sous verre.

675. **Monnier** (H.). Trompette d'Artillerie. 1842 (272 × 165). Aquarelle. Signée et datée au crayon : *H. M. Valence, mai* 1842. Cachet de la vente de l'artiste. Sous verre.

676. **Monnier** (H.). Soldat de marine, vu de dos. 1838 (295 × 200). Aquarelle. Signée au crayon : *H. M.* Datée : *Cherbourg, mars* 1838. Cachet de la vente de l'artiste. Sous verre.

677. **RAFFET**. Pièce de siège en batterie. Anvers. 1832 (240 × 360). Aquarelle. Vente Bry (n° 25).

678. **Raffet**. Artillerie à cheval de la Garde Royale (210 × 270). Aquarelle à 2 personnages, dos et face. Cachet de la vente de l'artiste.

679. **Raffet**. Régiment Don Miguel. Un capitaine (350 × 240). Cachet de la collection San Donato (1870). Sous verre.

680. **Raffet**. Régiment Don Miguel. Soldat au repos, l'arme au pied (350 × 240). Aquarelle. Cachet de la collection San Donato (1870). Sous verre.

681. **RAFFET**. Infanterie Hongroise. Régiment Wasa, 1856. Grenadiers, grande tenue (405 × 332). Superbe aquarelle. Signée et datée. Vente San Donato, 1880, n° 1897. Encadrée.

682. **Raffet**. Régiment Giulay (Autriche). Un Lieutenant (350 × 240). Aquarelle. Cachet de la collection San Donato (1870). Sous verre.

683. **Raffet**. Régiment Giulay. Tambour, petite tenue (350 × 240). Aquarelle. Cachet de la collection San Donato (1870). Sous verre.

684. **Raffet**. Régiment Giulay. Soldat en tenue de campagne (350 × 240). Aquarelle. Cachet de la collection San Donato (1870). Sous verre.

685. **Raffet**. Régiment Giulay. Soldat en tenue de campagne (350 × 240). Aquarelle. Cachet de la collection San Donato (1870). Sous verre.

686. **Raffet**. Le capitaine Brancovana. 1849 (285 × 220). Aquarelle. Collection San Donato (1880). Encadrée.

687. **Raffet**. Michel Weiss, sergent du Régiment Giulay. Campagne d'Italie. 1849 (290 × 220). Aquarelle signée et datée : *Raffet, Florence juin 1849*. Collection San Donato (1880). Encadrée.

688. **Raffet**. Étienne Donoval, caporal au Régiment Giulay. Campagne d'Italie. 1849 (285 × 220). Aquarelle. Signée et datée : *Raffet, Florence, 1849*. Collection San Donato (1880). Encadrée.

689. **Raffet**. Jean Warga, caporal au Régiment Giulay. Campagne d'Italie. 1849 (285 × 220). Aquarelle. Signée et datée : *Raffet, Florence, 1849*. Collection San Donato (1880). Encadrée.

690. **Raffet**. Valentin Ratz, caporal au Régiment Giulay. Campagne d'Italie, 1849 (285 × 220). Aquarelle. Signée et datée : *Raffet, Florence, 1849*. Collection San Donato (1880). Encadrée.

691. **Raffet**. Le baron Charles de Hugel. Campagne d'Italie, 1849 (285 × 190). Aquarelle. Signée et datée : *Raffet, Florence, 1849*. Collection San Donato (1880). Encadrée.

692. **Raffet**. Antoine Huwer, caporal du Régiment Kaiser. Campagne d'Italie, 1849 (285 × 220). Aquarelle signée et datée : *Raffet, 22 juin 1849, Florence*. Collection San Donato (1880). Encadrée.

693. **Raffet**. Joseph Stanick, sergent au Régiment Baumgarten. Campagne d'Italie, 1849 (285 × 220). Aquarelle. Signée et datée : *Raffet, Florence, 1849*. Collection San Donato (1880). Encadrée.

694. **Raffet**. Mathieu Pottertsch, sergent du Régiment Kinsky. Campagne d'Italie, 1849 (285 × 220). Aquarelle. Signée et datée : *Raffet, Florence, 1849*. Collection San Donato (1880). Encadrée.

695. **Raffet**. Pierre Gruber, sergent du bataillon des Chasseurs. Campagne d'Italie, 1849 (285 × 220). Aquarelle. Signée et datée : *Raffet, Florence, 1849*. Collection San Donato (1880). Encadrée.

696. **Raffet.** Grenadiers du Régiment d'Élite. Armée Belge (285 × 210). Deux aquarelles, datées de Bruxelles, 1849. De l'atelier de l'artiste. Sous verre.

697. **RAFFET**. Armée Belge, 1849 (285 × 210). Quatorze aquarelles ou dessins, datés de Bruxelles, 1849. De l'atelier de l'artiste.

Lot fort important.

698. **Raffet**. Raquetteurs en action. — Poste à Bregenz. Armée autrichienne (210 × 290). Deux aquarelles, datées 1849. De l'atelier de l'artiste.

699. **Raffet**. Hussards, Chasseurs, Artilleurs, etc. Armée Autrichienne. Quatorze dessins à la plume. De l'atelier de l'artiste.

700. **Raffet**. Croquis au crayon : Infanterie allemande, 8 pièces. — Chasseurs, 7 pièces. — Infanterie Hongroise, 7 pièces. — Guides de l'État-major, 2 pièces. Ensemble 24 croquis avec annotations. Datés 1849. Excellent lot. De l'atelier de l'artiste.

701. **Raffet**. Uhlan autrichien (250 × 180). Aquarelle. Vente San Donato (1880).

702. **Raffet**. Tambour des Suisses de la Garde du Pape, 1849 (310 × 220). Aquarelle. Vente San Donato (1880).

703. **Raffet**. Infanterie Suisse, grande et petite tenue, 1849 (295 × 220). Deux aquarelles, datées de *Berne, 11 mars 1849*. De l'atelier de l'artiste.

704. **Raffet**. Soldat Wurtembergeois, tenue de campagne. Infanterie. 1849. — Soldat Wurtembergeois, grande tenue. Infanterie. 1849 (285 × 210). Deux aquarelles, datées de *Constance, février 1849*. De l'atelier de l'artiste.

705. **Raffet**. Croquis au crayon ou à l'aquarelle. Études de drapeaux, fanions, aigles, cocardes. Réunion de 30 dessins originaux. Lot fort intéressant.

706. **Watteau**, de Lille (École de). Deux cavaliers au port du sabre. Fond de paysage. Dragon et Gendarme. Deux toiles (450 × 360). Encadrées.

707. **WERNER**. Tambour du régiment d'Infanterie n° 24. Aquarelle signée et datée : *A. F. Werner, Berlin, 1884.*

H. : 250. — L. : 320.

Droit, dans son costume de gala, il regarde de face. Son tambour est à terre. Le drapeau de son régiment est posé contre. Fort jolie pièce, d'une grande finesse.

Fritz Werner, peintre militaire, est un des plus estimés parmi les artistes modernes de l'Allemagne.

708. **WERNER**. Trompette du régiment de Hussards n° 6, 1775. Aquarelle signée : *A. F. W.*

H. : 250. — L. : 320.

Fièrement campé, le poing gauche sur la hanche. Sa carabine et ses effets d'équipement sont au mur. Belle pièce, pendant de la précédente.

MINIATURES

709. — *L. Feron, Comt la Place de Venise, l'an V de la Liberté d'Italie.* En tenue de Volontaire. Miniature ronde, sur ivoire.

710. — Officier des Volontaires de 1793. Au fond, un camp. Miniature ronde, sur ivoire. Jolie pièce, signée : *Chereau fecit.*

711. — Officier d'Artillerie, Consulat. — Officier d'État-major en surtout. An XII. Deux miniatures carrées, sur ivoire, dans le même cadre. La seconde, signée : *J. B. Courcelet, an XII, 1804.*

712. — Officier de Dragons, Ier Empire. Miniature ronde, sur ivoire.

713. — Officier de Hussards, Compagnie d'Élite. Ier Empire. Miniature ronde, sur ivoire.

714. — Gendarmerie de la Maison du Roi, en surtout, 1815. Miniature rectangulaire, sur ivoire. Signée : *St Léon, 1815.*

715. — Officier. Compagnies de réserve. 1816. Miniature ronde.

716. — Officier d'Infanterie. Légions départementales. 1816-20. Miniature carrée, sur ivoire. Signée : *De Pontoux, 1817.*

717. — Officier d'Infanterie. Garde Royale. En frac. Miniature ovale.

718. — Officier des Chasseurs à cheval. 1816-19. Dessin in-12 carré, sur papier, d'après un tableau de P. P. Prud'hon.

719. — Garde du Corps. Grande tenue de service. Miniature ovale, sur ivoire. Signée : *Robelot, 1826.*

720. — Officier. Ier Regiment des Grenadiers à cheval de la Garde Royale. Miniature ovale, sur ivoire. Signée : *A. née L., 1829.*

IMPRIMÉ

PAR

PHILIPPE RENOUARD

19, rue des Saints-Pères

PARIS

ESTAMPES
LIVRES

A. GEOFFROY Frères
5, Rue Blanche
PRÈS L'ÉGLISE DE LA TRINITÉ
PARIS

Paris, le 18 Avril 1904

Monsieur,

Voici les indications pour vous reporter au Giacomelli, quant aux Nos 156 à 160 du Catalogue de la Vente des Costumes militaires, collection A. Mxxx.

Respectueuses salutations.

A. Geoffroy fr.

Raffet

N° 156.
Giacomelli 431 à 440 (manque 438).

N° 157.
Giacomelli 461 à 465 (manque 466), 467 à 473 (le 474 est en reproduction photographique), 475 à 478.

N° 158.
Giacomelli 461 à 465 ; 467 à 469 ; 471 à 473 ; 475 à 477.

N° 159.
Giacomelli 446, 447, 450, 451, 452, 454, 458, 459, 460, 499.

N° 160.
Giacomelli 446. 447. 448. 449. 450. 452. 453. 454. 455. 456. 457. 458. 459. 472. 480. 481. 482. 483. 484. 485. 486. 487. 488. 489. 490. 491. 492. 493. 494. 495. 496. 497. 498.

le montant à votre disposition.

Agréez, Messieurs, mes salutations empressées.

(SIGNATURE),

Nom ....

Adresse

lisposition.

eurs, mes salutations empressées.

(SIGNATURE),

www.ingramcontent.com/pod-product-compliance
Lightning Source LLC
LaVergne TN
LVHW020404230826
846091LV00003B/1137

9782329453972